THE GOLDEN GIZMO

JIM THOMPSON

ゴールデン・ギズモ

ジム・トンプスン
森田義信 訳

文遊社

ゴールデン・ギズモ

1

トディが顎のない男としゃべる犬に出会ったのは、あがり時間まぎわのことだった。午後三時になろうとするころだ。

訪問買付をする金仲買人《ゴールド・バイヤー》は、三時をかなり回ったり朝の九時半前だったりすると仕事にならない。彼らが買い付ける古い装身具や宝石類はたいてい、家のどこかにしまいこまれている。朝食後とか夕食前とかにわざわざ家事の手をとめ、そんなものを探してくれる主婦など、そうそういやしない。

トディはそのブロックのどんづまりで足をとめ、目の前の家をすばやく、そしてしっかりと値踏みしてみた。このあたりではいちばん奥まったところにある家だ。通りからほぼ五十ヤードはひっこんでいる。板葺き屋根と化粧しっくいの平屋建て。伸び放題のスゲやスギの木の前景に隠れて、その姿は実質的にほとんど見えない。草ぼうぼうの車寄せの奥にはガレージがうずくまっている。いや、とトディは推量した。あれはただ、三台分のガレージのいちばん手前が見えているだけかもしれない。高価な新型車が目にとまると、高度に発達した第六感が、残りのスペースにも車がとまっているはずだと告げた。

今日の仕事はもう終わりにしようかと迷いながら、トディは持っていた小さな木箱のふたをあけ、なかをのぞきこんだ。

箱の隠し底に入れてあるのは、金買付という商売における必需品だった。宝石商用の秤とおもりが一セット。宝石商用のルーペ——つまりは高倍率の接眼鏡。断面を三角にしあげた小さな鑢《やすり》。そして、純度百パーセントの硝酸を入れた小瓶。いちばん上のトレイには、金張りや金メッキなどの安物《スラム》といっしょに、その日買い取ったホンモノの金がかなりの量、乗っていた。後者の内訳は高カラットの歯科用金——ブリッジやかぶせ物や詰め物——が一オンスほど。そして、宝飾類が約二オンス。質もほとんど平均以上だ。

一日に三オンス以上の金を買い付けると、かなりの稼ぎになる……「適正」な価格で買えば、だが。トディは適正な価格で買う男だった。二十二ドルの投資で、だいたい八十ドル分の金を手に入れた。

実入りのいい日だった。少なくとも平均くらいの稼ぎはあった。粘って稼がなければならないほど、カネに困っているわけではない。少しばかり時間は早いが今切り上げれば、ラッシュアワー時のロサンジェルスならではの、あの喧噪と絶望的なカオスは避けられるだろう。一時間以内で街まで戻れるはずだ。

イレインはいつも遅くまで寝ている——しかたのないことだ。トディが早くホテルに戻れば、彼女がもぞもぞ目覚める前に帰り着けるかもしれない。そうすれば、イレインにしか起こせない奇妙奇天烈でおぞましい騒ぎが起きる心配もない。

　トディは鬱々としながら煙草に火をつけ、バス停までの長い道のりをたどりかけた。だが、今日早く切り上げたら、次も同じことをくりかえしてしまうだろう。やがてそれが習慣になり、ついでに仕事の開始時間まで遅くなるという、同じくらい危険な習慣まで身についてしまうかもしれない。そして最終的には日に一時間も働かなくなってしまう。そうなれば、仕事になんて行かなくなる日も近い。それじゃあおしまいだぜ、兄弟。おまえもおしまいだし、イレインなんて、もっとあっという間に、もっと哀れなカタチで、おしまいだ。見栄を張って際限なく文句を並べたてる彼女にとことんつきあってやれる男なんて、おまえしかいないだろうが。

　彼は肩をすくめ、踵で煙草をつぶすと、意を決して足を踏み出した。しかし心のなかで罵り声をあげ、歩みをとめた。ちくしょう、そろそろ三時じゃないか——あと十分だ。嫌になるくらい憂鬱な日だった。スポンジのようなスモッグが街を覆っている。灰色で、べたついていて、陽の光を隠すスモッグ。イレインが気分よく目覚めたとしても、スモッグのせいでご機嫌斜めになるだろう。ふさぎこんで暗い気持ちになったとき、俺がそばにいなかったら……。

それだけじゃない。目の前のこの家を訪ねるなんて、きっと時間のムダだ。荒れはてた雰囲気はあるが、住んでいるのは明らかに金持ちだった。金持ちってのは、たとえ古い金を処分する気になったとしても、たいていの場合その価値をよく知っていて、取引を有利に運ぼうとする。

「鋭い」金仲買人は法に触れたりしない……自分からは。仲買人ならよく知っていることだが、法の側にいるやつらはこの手の仕事を斜めにしか見ていなかった。ライセンスに問題がなく、有罪の証拠なんて何ひとつなくても、仲買人の通ったあとには一定の不平不満が渦巻く。すると警察が動きだす。やつらに言わせれば、どこかの主婦を言いくるめて百ドルの時計を五ドルで買いたたく人間に高度な道義心などあるはずがない、ってわけだ。だから少しでも規則からはみ出したり、ほんのちょっとでも逆らったりするやつは、つかまえられて取り調べを受け、ついには街から「退去」させられてしまう。

トディはこれまで警察とかかわらないようにしながらやってきたし、これからもその方針は変えないつもりだった。しかしつかまったとしたら、退去命令くらいではすまないだろう。指紋を採られ、すっかり汽車に酔うまであの町からこの町へとたらい回しにされるはずだ。いったいいくつの町からお尋ね者あつかいされているのかわからないが、相当な件数であることは確かだった。

とはいえ――この状況で認めるのは嫌だったが――わざわざ警察の逆鱗に触れさえしなければ、ヤバいことにはならないだろう。名刺を切らしたら話は別だが、切らしたことはなかったし、いつでも補充しておくよう気をつけていた。今だってしぶしぶながら、洒落たツイードのコートの胸ポケットから一枚見つけて指でつまみだしたところだ。

ミスター・トッドモア・ケント
特別代理人
ロサンジエルス・ジュウエル&ウォッチ・カンパニー
金銀プラチナ仲買

ロサンジエルス・ジュウエル&ウォッチ・カンパニーは裏町の時計修理屋だ。オーナーはミルト・フォンダーハイムという名の、ビール好きで心広き、チビのオランダ人。

貴金属仲買の元締めのほとんどは、訪問買付人がクライアントから搾り取るのと同じやり口で、買付人から利益を搾り取っていた。十カラットの金を八カラットに下方査定し、コインと純銀をいっしょくたに計量し、プラチナを二十四金のたった二倍の値段で「かすめ」とる。しかしながら、ビール臭い息を吐いて永遠の笑みを浮かべたずんぐりむっくりのミルトは、そんな仲買人どもの基本的ルールにおけるなんとも貴重な例外だった……毎晩カネが必要になる男がいたとして――そいつから好きなだけむしり取っていいものなのか？　その男が住所不定のまま知り合いの家に居候していたとして――そいつが警察にチクれないからといって、足もとを見ていいものなのか？

ミルトはそう思わなかった。彼はトディをはじめとする大勢の若い者が集めてきた金を買い上げ、それをアメリカ造幣局へ売っていた。買値は造幣局よりたった二、三セント低いだけだった。ミルトはペニーウェイト――トロイ衡一オンスの二十分の一――のプラチナを五ドルで買い上げたし、稼ぎの悪い日は、ブツの査定を気前よく上げてくれた。たとえば、十カラットを十四カラットにして支払う、というふうに。

どんどん貧窮の淵にはまっていく太っちょでチビのミルト。彼がしてくれたことはそれだけじゃなかった。名刺も作ってくれた。サツにとめられたら同じ重さの金ほどの価値を発揮するシロモノだ。よほどのことでもないかぎり、名刺を出せばサツは手出ししてこなかった。渡りの金買付人と、どれだけ小さかろうと伝統ある地元の店の特別代理人とは、まったく別ものってわけだ。

ミルトがトディを金の買付人として雇ってくれたのは、一年前のことだ。手ほどきしてくれたのも彼だった。この稼業につきもののヤバい目にあったときも、しっかり尻拭いをしてくれた。ミルトはほかの若い者の手ほどきもした。今でもそのほとんどが彼に金を売っている。トディは、ミルトがそんなやつらの尻拭いもしていることを知っていた。しかし、トディとほかのやつらとでは、扱いが違った。ミルトはいつでも彼を店の奥の住まいに招き入れ、ビールを飲ませたり、ムダ話をしてくれた。彼はいつでもミルトの自慢の種だった。

「あのトディってのはな」とミルトは誇らしげにほかの買付人たちに語った。「学ぶべきどこのたくさんあるやつだよ。時間は守るし、マジメだしな。みんな、そういうどこをトディから学ぶべきなんだ。おまえらがまだズボンをはいたりコーヒーを飲んだりしてるあいだに、あいづはもう五ドル稼いでるんだがらな」

トディはそんな自慢話を思い出し、ほっそりした顔を赤らめた。彼は意を決して、綾織のスラックスについたわずかな煙草の灰を払い、褐色のスポーツシャツの襟を軽く正すと、シボ革の頑丈な靴を家へと続く道のほうへ向けた。

家は通りから眺めたときよりずっと奥にあった。錆びたスクリーンドア越しに暗い室内からじっと見張られているような、嫌な感じもする。とはいっても、神経質になる必要なんてどこにある？　警察の厄介になるようなことはしていないし、邪魔をしてくる警官があたりにいるわけでもない。せいぜい思いきりドアを閉められたり、犬をけしかけられたりするくらいじゃないか。これくらいでビビりかけてるようじゃ、今すぐ高いところから身投げでもしたほうがいい。イレインも道連れにして、だ。

スギの木から落ちた小枝や葉が散らばるポーチを軽い足取りで横切り、ノックしようと手をあげる。しかし、はっとしてその手をひっこめた。

「はい？」鋭く、かつやわらかい男の声がした。「なんです？　何か売りに来たんですかね？」

さっきからドアの内側に立っていたにちがいない。錆びたスクリーンの向こう、薄暗い部屋に隠れていたわけだ。トディは何度かまばたきして暗がりに目を凝らそうとしたが、それでも男の姿は見えなかった。声が聞こえただけ――スペイン語の響きを持つ声だった。

「いいえ、まったく違います、ご主人」トディは快活な口調で元気よく言った。「物売りじゃありません。ご友人が、お宅を訪ねてみたらどうかと言ってくださったもんでね。名刺を受けとっていただければ……」

スクリーンドアが開き、毛むくじゃらの骨張った手が出てきて、トディの指から名刺をひったくるとまたひっこんだ。トディは居心地の悪さに身じろぎした。

何もかもウマくないことはわかっていた。前口上は効かなかったし、手練手管も通用しなかった。これまでの経験からすれば、名刺はドアをあけさせるために使うものだ――好奇心を惹くためのもの。相手を外に出てこさせたり、自分をなかに入れさせるためのもの。ご近所の方、なんて言葉を使うのも有効だし、「ご友人」ならさらにいい。向こうがそれにひっかかれば――近所の人や友人が連絡してみろと言って紹介してくれるなんて、よくあることじゃないか？――あとは仕上げをごろうじろ。相手が怪しんだり勘づいたりしたら、「家を間違えました」とでも言って切り抜けるだけ。

やるべきなのはそんなことだ。

だがここでは、そんなことなどしなければよかったと思った。

トディは背後へ目をやった。歩道が誘うように長く伸びている。彼はスラックスをきゅっとつまみ、脇に抱えた箱をさらに引きよせた。言い訳でもデッチあげて立ち去ろうか。いや、黙ってトンズラをこく手だってある。結局俺は——俺は——

スクリーンドアが開いた。勢いよく、広く。

そこからのっそりと、威厳と圧迫感のある優雅さをもって姿を現したのは、見たこともないくらい巨大な犬だった。その大きさを認識するまで、しばらく時間がかかったほどだ。犬の知識なんてないに等しかったが、ドーベルマンだってことはわかった。そいつは洋梨の形のデカい頭をゆっくりとさげ、トディの足もとを交互に吟味した。イヤになるくらい熱心に、一本ずつ脚のにおいを嗅いでいく。そして顔をあげ、値踏みするように注意深く、じっとトディを見た。

そいつは静かに後肢で立ちあがった。

前肢がトディの肩にかけられた。黒い鼻面がこっちの鼻にくっつきそうだ。トディは獣の瞳をのぞきこんだ。動くのもしゃべるのも怖くて、まばたきもできない。恐ろしさのあまり、自分が息をとめていることにさえ気づかなかった。

古いバネのせいでスクリーンドアが閉じていき、最後にバタンと音を立てた。ずっと遠くのほうから、さも楽しそうにくすくす笑う声が聞こえてくる。際限なく続くかのようなくすくす笑い。そして鋭い声。「ペリート！」——スペイン語で「小犬」だ。

犬はそれに気づいて耳をぴんと立てた。「ぐぉお――おぉめぇん」犬が礼儀正しく言った。

「ぐぉぐぉ　ごぉ――めぇえん」

「ど――どういたしまして」トディは口ごもりながら返した。「ちょっとしたまちがいですから。つまりその――」

犬は前肢をポーチにおろし、トディの背後に陣取った。スクリーンドアが再び開いた。

「どうぞお入りください」男が言った。

「いや、私は――そのい、犬ですが」トディは言った。ちくしょう、俺は夢でも見てるのか？「ええと……人を怪我させたりしませんよね？」

「怪我などさせません」男は応じた。トディはしかたなく家のなかに足を踏みいれた。「痛みもなく殺してくれますよ」

2

トッド・ケント（「モア」ってのは野暮だ）には生まれつきギズモがあった。ギズモとは正体不明なものを表すＧＩの隠語――日一日と価値の変わる何かを言い表すにはもってこいの言葉だと、今ではそう思っている。ギズモは天分や才能、素質や習性などという言葉ではくくれないくらい不確かな作用しかしない。

生まれてから今に至る三十年のほとんど、ギズモは彼をあぶく銭の浮くクサい洞穴へと押しこめてきた。そしてこれまでずっと――いつもなんの前触れもなく――心がズル剝けになり神経が灼けつくような出口から外へと彼を追いたててきた。

破綻した家庭から逃げだしたトッドがはじめて大金を手にしたのは、十六歳のときだった。彼はそのころ、大きなホテルでベルボーイという仕事にありついていた。ツキが回ってきたのはベルキャプテンに昇進してからだ。ギズモが動きはじめた。すべてが終わるころ、そのホテルのベルボーイの仕事には千ドルという値段がついていた――買い手はあの手この手を使い、必死に駆けずりまわってカネをかきあつめた（千ドルをかなり上回る額を持ってくるヤツだっていたほどだ！）。最終的には――トディの若き上司や買収された中間管理職どもの頭上に苦情が殺到しはじめたころ――ベルボーイの多くが牢屋にブチこまれ、ホテルは悪評紛々の状態になった。

就職口をカネに替えたかどで捕まるには、トディは若すぎた。しかしこの世には未成年犯罪担当というやつらが存在する。彼らだったら二十一歳未満の人間にも嫌疑をかけることができた。その可能性を考えて安穏としていられなくなったトディは、ホテルの弁護士へ内密の相談をもちかけた。結果、町から逃亡……ピカピカのキャデラックの新車も、ダイアモンドの指輪も、貸金庫の中身も、あきらめるしかなかった。

とある線路脇のたまり場でトディは、よれよれの老いぼれ浮浪者が錆びた缶からダイスをころがすのを目にとめた。その浮浪者は缶にダイスを入れて勢いよく振り、言ったとおりの目を出した。もう一度ころがしても、やはり同じことだった。必ずというわけではなかったし――たいていは何度か振る必要があった――常時成功していたわけではない。しかしたいていはうまくいった。それで充分だった。

トディのギズモがフル回転しはじめた。

おだてられた浮浪者は、難しいワザであることを認めた。手で振ってサイの目を操る博打うちならいくらでもいるが、カップで操るところを見たやつなどいるか？　大きな賭場ではたいてい、カップでサイコロを振るのがしきたりだった。大金の動く場ならなおさらだ。そういう店はイカサマ厳禁でなければならない。

もちろんそんなワザを身につけるなんて、トディには無理な相談だった。ワザを発見するのが遅すぎた。しかし、ちょっとした工夫と元手があれば、クラップスでこんな手口が使えるはずだ……。

ふたつのサイコロのひとつを、狙い目が出るようにして手に隠し持つ。カップには入れない。振るほうの手でパーミングしてカップの外側に押しつけておく。たとえば、フィービ、つまり足して五になる目を狙っていたとしよう。てのひらのサイコロが三になるようにして、もうひとつのサイコロがカップから飛び出す瞬間、同時にころがす。もちろん、五の目、またの名をフィーバーにはならないかもしれない。カップから出た賽《サイ》が四になり、足して七、つまりはゲーム終了となることだってあるだろう。しかし、不利な目が出る確率は抑えられる。わかるだろう？　そうすればこっちのもんだ。カムやフィールド・ベットに賭けて大きな店を荒らしまくることだってできる！

数か月たって……いや、この話はここでやめておこう。数か月後のこと、リノにある賭場の離れ部屋で、糖蜜色の髪をしたやせっぽちの若者が自分の映像をスローモーションで見せられていた。クラップテーブルの上から隠しカメラで撮られたものであることは明らかだった。映っていたのはほぼ、彼の手元の動きだけだ。だがそれで充分だった。充分すぎた。映像が半分も終わらないうちにトディは財布と預金通帳を差し出し——そしてもちろん——ピカピカのキャデラックの鍵も渡していた。

彼はブロンド女がミンクのコートになじむのと同じくらいすんなりと、詐欺仕事《コンゲーム》になじんでいった。ダラス、ヒューストン、オクラホマシティ、セントルイス、オマハ、クリーヴランド、ニューオーリンズ、メンフィス……詐欺でシノギをやりながら各地を渡りあるいた。サツの言いかたを借りれば、シノギをやったというより、やらされたと言えばいいのだろうか。ギズモの気まぐれのせいで彼はシノギをやらされ、つかまえられ、退去させられた。

他人といっしょに仕事をすることは避けたかったから、仕掛けるのはいつも「ケチなヤマ」だけだった——寸借詐欺だとかギャンブル詐欺、バッタ物商売の類いだ。しかしこういった仕事でも新手を工夫したおかげで、おもしろおかしく暮らすための品は充分そろえられた。なかでも大きかったのは、キャデラックという純資産をとりかえしたことだ。

するとまたしてもギズモがざわつきはじめた。トディの手元から財産が消えていき、彼の経歴（かなり見栄えのするものだった）が商事改善協会編纂の刊行物に掲載され、そのせいで当時商売の拠点にしていたシカゴ市から七つの罪状で追われる身分となった。

それがギズモだった。ある日お花畑に連れていってくれたと思ったら、次の日には泥沼に蹴り落としやがる。

ギズモはベルリンのブラックマーケットへと彼を押しやり、現金で六万三千ドル稼がせてくれた。ところが当然のごとく、その金を持って軍役を終えることはできなかった。シャバに戻れたのは営倉暮らしで六か月も陽焼けさせられ、不名誉除隊処分を受けたあとだった。

ロサンジェルスに流れ着いたトディはギズモを憎み、なんとか振り払おうとした。しかしギズモは執拗だった。皿洗い、タクシー運転手、ブラシの行商？――バカ言ってんじゃないよ、トッドモア君。アタマを使いな。潮の変わり目なんて探せばいつでも見つかるはずじゃないか……あの酔っ払いや浮浪者どもをどう思う？　街はそういう輩でいっぱいだぜ。右脚を一ドルで売り飛ばすようなやつら。血だって――売っちまうんだぞ！　大手の研究所が一パイント二十五ドルで買ってくれるんだからな。だが、あいだに入れば売値は十五で買値は五……。

トディは血液ビジネスに手を染め、すぐに足を洗った。続けたのは事業が波に乗るまでだ。商売は何から何まで合法だった。彼は生まれてはじめて、厳密な意味でまっとうなことをやっていた……だから耐えられなくなった。自分の血を売ってまで酒を飲みたいと考えるのが合法なら、塀の向こうの俺に似合った世界へ戻るほうがマシだと思った。

彼は調子の波があがってきたところでひと休みし、次は何をやろうかと思案した。ギズモがイレインを突きつけてきたのはそんなときだ。以来、絶好調になったこともなければ、深呼吸する暇もない。今の仕事に関しても、やってみろと言って説得してくれたのはミルトだったが、最初にヒントをくれたのはギズモだったし、おまけにいくら稼いでも追いつかなかった。本来は実入りのいい仕事だった。歯科医のように仕事で金を使っているやつらから買い付けて手にするカネは、まっとうなカネだ。

トディにとって、イレインとカネの二股をかけるなんてムリな相談だった。だがあの女のケツを蹴りとばして追い出すようなことなどできそうになかった。いくらミルトに諭され、その言葉に従うのが正解だとわかっていても。

……だから、今、彼はギズモに導かれてこの家にたどりついた。カネか、さもなくばの家。内心、ギズモにとってすばらしいことになりそうな予感がした。カネではなく「さもなくば」の方向で、だが。

3

家のサイズや外面の主張する豪華さに比べると、室内は——少なくともこのリビングの調度はひどかった。みすぼらしいと言ってもいい。椅子が何脚かと小さすぎるソファ、そしてテーブル。すべてメープル材。市場に出まわっているなかではいちばん安物だ。小さなラグが一、二枚敷いてあるだけで、床のほかの部分はむきだしだった。

トディはテーブルを見た。持参したオープンボックスは、いつもの習慣でその上に置いてある。だがテーブルには今、別の箱もあった。トレイのような楕円の木箱。トング型のノギスが入っているせいで、なかはよく見えない。しかし、ノギスが邪魔になっているうえに部屋全体も薄暗がりに包まれていたというのに、重そうな金時計の外郭は目に入った。

彼は一瞥ですべてを頭に入れ、あとほとんど目をそらさずに男を凝視した。見る価値のある男だった。そばにいると思わず視線を惹かれる類いの男だ。

そいつには顎がなかった。まるで、鼻と目と薄くて大きな口を刃物で首から削りだしたみたいだ。その首のてっぺんを覆っているのは黒くて分厚いカツラだろうか。それとも半球状に生えたモップのような地毛だろうか。

男は視線をトディから名刺に移し、またトディを見た。白くて顎のない顔に若干とまどったような表情を浮かべ、じっとしている。すると突然笑みを浮かべ、名刺をトディのほうへ突き出した。

「眼鏡がないと何も読めないんですよ」そう言って微笑む。「それに、いつものことなんだが、眼鏡をどこへ置いたかわからなくてね。おたくの仕事の内容を教えてもらえますかな?」

トディはなかばほっとしながら名刺をとりもどした。どうもイヤな予感がする。自分の名刺もミルトの名刺も、ここには置いていかないほうがいいかもしれない。

「もちろんです、ご主人」トディは言った。「私――お宅のワンちゃんのせいで息がとまっちまいましてね。立ったままぐずぐずしてお手間をとらせるつもりはなかったんですが」

「そうでしょうとも」男は鷹揚にうなずいた。「でも、もう手間をとらせるようなことはないでしょう? ひと息つけたでしょうしね、ミスター――?」

「――クリントンです」トディは嘘をついた。「カリフォルニア貴金属社から参りました。新聞広告をご覧になったこと、ありませんか? 金製品の買取では世界最大手なんですが――」

「いや。そんな広告を見たことはありませんね」

「もちろんそういう方もおいででしょう」トディは言った。「最近、広告契約を打ち切ったところですから——いや、一年以上前だったかな——直接コンタクトをとらせてもらったほうがいいってことになったんで。私どもは——私どもは——」

そこで言葉に詰まった。男として現役になって以来、きれいな女なら何人も見てきた。その身体的特徴に関して想像の余地を残さない状況だって、数多くあった。だがこの女は……またとんでもなく……キッチンへ続くとおぼしきドアから姿を現した女。ブルーのリーバイスと着古したカーキ色のシャツ。足もとを包むのはヒールのないサンダル。化粧をしていたとしても、トディにはわからない程度。ところが、そんないでたちだったにもかかわらず、この世のものとは思えなかった。「うーむ」であり、「すげえ」であり、「なんてこった！」だった。

トディは女を凝視した。男が目を細めながら肩越しに声をかけた。「ドロレス」と彼は言った。女が近づいてくるとそのウエストをとらえ、トディの目の前でくるりと回してみせる。

「なかなかでしょう?」視線は女の尻に向けられていた。「いささか豊満すぎるかもしれませんが。胸のあたりとかね。しかし、大いなる恵みを嫌う男などいますか？　全体的な効果が目を楽しませてくれるでしょう？　ほかの女が見劣りしてしまうくらいにね。わくわくさせる口もと、粘りつくまなざし、髪は漆黒で、そして――」

「下品」女がほとんど訛りのない英語で応じた。「不潔」単調な声でつけくわえる。「穢れてて。猥褻」

「行け《バヤ》！」男は女のほうへ一歩足を踏みだした。「犬の子が《イハ・デ・ペロ》！　礼儀を教えてやらんとな」

そう言って荒い息をつき、目をぎらつかせながらトディのほうを向く。「で、ミスター――クリントン、でしたね？　私の住処はすっかり観察させてあげたはずです。これからしばらくは、注意を私に向けてもらえませんか。友人の勧めでこちらにいらしたということでしたが」

「まあ、その女性がご友人かどうか、はっきりわかりませんけど――」

「女性？」

「ご近所の方ですよ。ここからまっすぐ行ったところの。私は――」

「近所とはなんのつきあいもありませんし、向こうもこちらのことなど知りません」

「私は――つまり、こういうことです」トディはそわそわと男から犬へ視線を移しながら言った。すると、それまで寝そべっていた黒く大きな獣が身を起こし、守るようにして男の前に立った。その姿にはトディをぞっとさせる何かがあった。

「金を買い付けてましてね」トディは言って、持参した箱のふたをあけた。「私――私は――」

「なんです？　で、どうしてウチに売りものの金があると思ったんです？」

「ええと、その、そう思ったわけじゃありません。ですが、実にたくさんの方々がそういった金をお持ちなんで、お宅でも、あの、お持ちかと」

男はまばたきもせずトディを見ていた。犬も同じだった。部屋の静けさが耐えがたいものになった。

「い、いいですか」トディは口ごもりながら言った。「妙なところはないはずですよ。さっきも申しあげたように私は金を買ってます――」テーブルにあった時計を手にとる。「古くて、時代遅れの、こういったものが――」

言えたのはそこまでだった。次に起きたことがあまりに意外だったせいで、時計が見た目より十倍も重いことにも気づかなかったし、記憶しておくこともできなかった。

男は罵りの言葉をあげながら身を躍らせ、トディを蹴りつけようとした。

すると、犬もトディに不快な言葉を投げつけた。男が口にしたのと同じ言葉。

「カブローネ!」犬が吐きすてた。ろくでなし野郎!

そして狂ったような咆哮からの、ジャンプ——ただし、男に向かって。トディを蹴ろうとした男の足が犬にあたってしまったからだ。それも極めて敏感な場所に。

何も感じなくなった指先から時計がすべりおちた。トディはあわててふたを閉めて箱をつかみ、玄関へ走った。

逃げながら最後にちらりと見たのは、男を追いまわす犬の姿と、犬を蹴りつけながらわめいている男の姿だった。キッチンへ続くドアのところでは、さっきの女が体を抱えるようにしてヒステリックに笑いこけていた。

「今日の仕事は」ウィルシャー線のバス停へと走りながら、トディはにこりともせずに言った。「ここまでにしとこう」

いつもより箱が重たい気もしたが、違和感はなかった。一日の終わりのこういう時間、箱ってやつは重たくなるものだ。

4

トラブルを招きよせる傾向にある人間の多くがそうだが、トディもまた、かかる火の粉をふりはらう能力に関しては人後に落ちなかった。比喩的な意味で火の粉がかかったとしても、実際の火の粉と同じくらいのダメージしか感じない。喉元過ぎれば熱さなど忘れてしまう。

今日の午後は面倒事があったり心配させられたりしたし、そんな状態になったこと自体、面倒であり心配だった。確かにキモは冷えた。しかしそれはもう一時間以上前のことだ。この一時間で街に戻り、キツいのを三杯飲《や》った。くよくよ思いなやむことなんてないだろう？　落ちこむ必要なんてどこにもない。落ち着いてふりかえれば、笑える出来事だったとも言えるはずだ。

自分にいらだち、困惑しながら、トディは間口十二フィートのロサンジェルス・ジュウェル＆ウォッチ・カンパニーの玄関を入った。

店内はほぼ闇に包まれていたが鍵はかかっておらず、奥に明かりが見えた。ミルトが買付人の持ってきた金を検分しているところだった。新人のひとりだ。ミルトは必要以上にオランダ訛りを強調し、新人の顔は常軌を逸するくらい真っ赤だった。

「なんだ！　また同じごとか！」ミルトは皓々と輝くデスクライトをひっぱたき、目もとから宝石商用のルーぺをむしりとった。「ごいつをちゃんと見だんだろうな、賢い坊ちゃん？　手でさわって、重さを測ったんだろうな――ごのぎれいぎれいな十八カラットの真鍮のがたまりをさ」

「そりゃもう――そりゃ、ちゃんと見ましたよ、ミルト！　俺は――」

「見なかっただろ！」チビの仲買人はわざと険しい表情を作った。「ごれ以上自分の立場を悪ぐするな！　もっどきぢんと教えてやるべきだったよ。そうしたらおまえだって、もっどきぢんとわかってたはずだ。おまえが何をさわったのか、何を見てたのか、教えてやろうか？　目の前にいた、ぎれいなぎれいな若奥さんだよ。そうだろ？　おまえが見てさわったのは、そごだったんだ！」

ほかの買付人がくすくす笑った。若い男がそれをかきけすように声をあげた。

「でも印があったんですよ、ミルト！　十八金の印がしっかり押してあったんだ！」

ミルトはすごい勢いで両手を挙げてみせた。「言っただろうが？　現行のものなら問題ない。カラット印は信用でぎる。そのとおりのブツだ。でも古い印は？　ふん！　意味なんでありゃせん。昔は印を押す法律なんでながったんだがらな！　つまり、目利きにならなきゃいがんってごとだ。箱にヤスリと酸の瓶を入れといて、それをきっちり使えってごとだよ！」

若者はしおれきってうなずき、席を立とうとした。だがミルトはそいつを呼びもどし、声を低めながらもはっきり聞こえる厳しい口調でささやいた。

「誰にも言うな。今回はごっちでなんどかしどぐ。だが次は――」そこでいきなり大声になる。「さわるのは女じゃなぐ、金にしどげ！」

みんなが笑ったが、いちばん大笑いしたのはミルトだった。そのとき彼はトディに気づき、手をあげて挨拶した。

「ほら、ホンモノの買付人が帰ってきたぞ！　我がトディはどんなものを買ってきた？きっといいもんだろう！　絶好調のトディは毎日稼ぎまぐるからな！」

いささか面映ゆい言いかただった。ミルトはしゃべりながら立ちあがり、カーテンで仕切られた住居のほうへ頭を傾けた。

「ここにいる紳士方が許してくれればだが、少しおまえさんとサシで話がしたいんだ」

「わかった」とトディは言った。「悪いな、みんな。ちょっと待っててくれ」

彼があとについて厚手のカーテンをくぐると、チビの宝石商が耳打ちしてきた。イレインのことだ。またしてもその話か。トディはそっと罵りの言葉を吐くと、あきらめたように肩をすくめた。

「オーケイ、ミルト。ブツはまた戻ってきたときに渡すよ」

「わかってくれるだろう、トディ? あたしが力になれることなんて、ほとんどないんだ。この時間、ここを離れるわけにはいかんし、カネのことだって――そっちが必要なだけかきあつめるなんて、あたしにゃどうにもムリみたいでな」

「忘れてくれ」とトディは言った。「あんたは充分やってくれた。この上あいつの面倒まで見てくれなんて、思っちゃいないさ」

トディは顎を引き、もう一度厚手のカーテンを肩でかきわけて大股に店を出ていった。ミルトは出口まで見送ったあと、使い古した回転椅子にどすんと腰をおろした。栓をぬいてあったクォート瓶からごくごくビールを流しこみ、マズそうに口もとをぬぐう。目をあげるとそこには、買付人たちのマジメくさって抜け目のない顔が並んでいた。

「あいつはな」ミルトは悲しそうに言った。訛ることとさえ忘れていた。「あたしが知ってるなかでも最高に有能なやつだよ。頭も切れるしルックスもいい。おまけに最後の最後に

見せるキモの座り具合ときたら！　なのに、そのすべてをムダにしてやがる。全部捨てて
――あの女の――」

男たちがうなずいた。みんなイレインのことを知っていたからだ。もちろんトディはミルト以外の誰にも打ち明けていなかった。ミルトも噂話をする男ではない。だがみんな承知していた。イレインの話はいろんなところから聞こえてきた。イレインこそが火の粉。ひとりでに舞いあがる火の粉だった。

「あいつ、どうして別れねえんですか、ミルト？」そう言ったのはレッドという名のバイヤーだった。「あんな女がつきまとってちゃ、何もできねえのに」

「あたしもそこが不思議でな」ミルトは心ここにあらずといった調子で応じた。「もちろんあいつにも尋ねてみたさ。だが答えは……あいつにもわからんのだよ。答えなんてないのかもしれん。答えがあるとすればあの女のなかだろう。言葉にできん何かがな。あの女は性根が腐ってて、ワガママで、どこまでも無責任だし、見た目の魅力もない。だがきっと何かがあるんだろうよ……」

ミルトはしかたがないとでも言いたげに両手を広げた。

バイヤーたちがひとりひとり店を出ていっても、彼は椅子から腰をあげようとしなかっ

た。考えをめぐらせ、もの思いにふける。一年前のあの日なら、昨日のことのように覚えていた。はじめてイレインとトディ・ケントに出会った日。

……あの日は雨だった。帽子をかぶっていなかったせいで、トディの頭はずぶ濡れだった。彼はイレインを店内で待たせ、ひとりで大股にミルトのほうへ近づいてきた。

「ここに時計を持ってるんだけどね」とトディは言った。「俺の祖父《じい》さんの持ちもんだったんだ。これは俺の勘だが、そんなに高価なもんじゃないと思う。でも、俺には形見としてすごく価値のあるもんなんだよ。いい値で踏んでくれないか。手数料もなしで頼む。二、三日したら必ず請け出しにくるからさ」

ミルトはトディの申し出に応じた。彼にとっても文句はなかった。若者のやり口にすっかり感心させられたからだ。

「おっと、そうだ」トディは言って、両ポケットをぱしんと叩いた。「五ドルほど上乗せしてくれないか？　いや、十のほうがいいな。ちょっと前に財布を落としちまってね。ベバリーヒルズで銀行を出たときだったと思うんだが」

若者の口調があまりになめらかだったせいで、ミルトは思わずレジに手を伸ばした。だが途中で手をとめて時計とトディを眺め、店の通路にいるイレインを眺めた。

「不愉快な日だよな」とミルトは言った。「あんたもそこの女性も――奥さんかね？――びしょ濡れでさ。もしあんたさえよかったら、そして彼女もよかったら、奥に小さな電気ヒーターがあるんだが……」

「またいつかな」トディは傲慢な笑顔を作って言った。「十、乗せてくれよ、それで――それで――」

「そうだ」ミルトはうなずいた。「いい話がある。かなりいい話だ。奥へ来てくれ、旦那。あんたも奥さんもね」

そこでふたりは用心しながら奥へ行った。トディは黙ってブランデーを受けとった。彼がグラスをなめているあいだに、イレインは二度おかわりした。

彼女はミルトが驚きのまなざしで自分を見ていることに気づき、色っぽく微笑んでみせた。彼はあわてて視線をそらした。

「どこで」とミルトが尋ねた。「財布をなくしたんだって？」

「ホテルだ」トディは短く笑った。「俺たち、そこで荷物もなくしちまってさ。服もな。それに言うまでもなく……言うまでもなく何もかも」

「十ドルじゃ全然足りないだろ」

「ディナーと朝食くらいは食えるよ」トディは肩をすくめた。「一晩どこかの安宿に泊まることだってできる。明日になったらツキが回って来るかもしれないしな」

「明日じゃない。ツキはすでに来てる。今ここでな」

「そうなのか?」

「そうだ」ミルトはうなずいた。「十ドルやるから明日の朝ここへ戻ってこい。そうすれば明日の夜にはあたしに十ドル返してもさらに二十ドル、二十五ドル、いや五十ドルは懐に入ってるだろう」

「きっとな」トディは応じた。「そりゃきっとそうなるだろうさ」

「絶対そうなる」ミルトは大真面目に請けあった。「確信がなくても、あんたは朝、ここへ戻ってくる。確信がないからこそ、戻ってくるんだ。そうだろ?」

トディは一瞬ぽかんとしていたが、目を細めてにやりと笑った。「俺のことをわかってるみたいだな、おやっさん」と彼は言った。「戻ってくるよ。稼げるカネが五十ドルあるんなら、稼いでやるさ」

そうしてふたりは出ていった。ミルトの十ドルを持って。ミルトがブランデーのボトルを探してあたりを見まわすと、それもいっしょに消えていた。

5

〃エアデイル〃・アーレンスは昔、どうしてそんな呼び名がついたんだと訊いてきた男の顎を叩き割ったことがあった。そんなもの、隻腕の男にどうしてウィンギーと呼ばれてるんだと訊くのと同じだ。エアデイルは、エアデイルテリアと同じような太く長い首とずんぐりした頑丈な胴体を持っていた。髪は明るい黄褐色。潤んだ大きな瞳は茶色だった。

トディが保釈金事務所に入ってきたとき、エアデイルは何も言わなかった。鉛筆を手にして受話器をとり、警察署の番号をまわしはじめただけだ。トディはしばらくしてうなり声をあげた。「エアデイル、ミセス・イレイン・ケントの件はどうなってる?」

トディは保証人の机のほうへ椅子を寄せ、腰をおろした。膝に肘を乗せ、エアデイルがメモ帳に書きなぐったいつもの略語をじっと眺める。

「DD」(泥酔怒声)

「ケイコ」(警官攻撃)

「シッコ」(執行妨害)

イレインにしても長いリストだ。今日は普段にもまして絶好調だったんだろう。

エアデイルがメモをとる手をいったんとめ、「五十」と書いてトディに目で合図した。トディはためいきをつき、人差し指と親指で輪を作った。エアデイルは「オケ」と言い、がちゃんと受話器を置いた。

トディは五十ドル数えて机の上に置き、保証人は太い指でそれを数えなおした。エアデイルが手を丸めると札は消えてしまった。彼はそれをトディの顎の下からとりだしてみせ、叱責でもするような謎めいた表情を浮かべて首をふり、札を引き出しのなかに落とした。

トディは疲れた笑みを浮かべた。なぜ保釈金が据え置きだったのかは尋ねなかった。相場が上がっていることは確かだ。エアデイルの商売は不動産屋だった。土地を売る。そして買う——ゴミ捨て場にもってこいの安い土地。必要になるまでそいつを寝かしておき、そのあいだに市役所勤めのいとこに数百ドルつかませる。そうすれば奇跡のごとく、公式な土地査定が買値の数倍にハネあがる——よって売値も数倍になるという寸法だ。

没収された保釈金はどこへ行ったのか、と怪しむやつもたまにはいた。現ナマはどうなった？　市はそれで何をしてくれた？　現ナマはエアデイルの懐に入っただけだ。しかしやつはその分、しっかり市に貢献した。エアデイルはペテン師ではない。保釈金が一万ドル、一万二千ドルと貯まったら、千ドル程度の手頃な土地を市に提供した。

エアデイルは言った。「サツはなんでイレインを狙ってる？　おまえを挙げようとしてんじゃねえのか」

トディは肩をすくめた。「イレインがどんな女か、わかってるだろ」

「ああ」エアデイルがうなずく。「おまえはわかってねえかもしれんがな。フルタイムであの女の面倒を見てるなんてさ。おまえをレンタルしたいくらいだよ。俺を代理人にしてくれや。何百万も稼げるぜ」

トディは歪んだ笑いを浮かべた。妙ちきりんなやつらだ、と思った。妙ちきりんばかり一万人もいやがって、まともな人間はひとりもいやしない。「ほかの話をしたほうがよくないか」彼は提案した。

「かもな」エアデイルがすぐに同意する。「シェイクんとこの若い連中は、最近なんて言ってきてる？　まだおまえからしぼりとろうとしてるのか？」

「相変わらずがんばってるよ」トディは答えた。

「あいつらにはビジネスなんてできねえと思ってるんだな？」

「たぶんな」トディは肩をすくめた。「あいつらのまちがいは、俺たちがやってるのもビジネスだって、わかっちゃいないことさ。俺みたいな人間は、ビジネスをやってる。金の買付なんていうゲームでシノいでるやつはタフだ。自分の稼ぎを守れるくらいタフなんだよ。シェイクんとこの連中みたいなチンピラにみかじめ料を払うつもりはない。簡単にビビるようなら、そもそもこんな商売なんぞやってねえよ」

「で？　どうしてシェイクはそんなに阿呆なんだ？」

「ちょっとばかりツイてたのさ。バイトで買付をやってるやつらからピンハネしてんだよ——年金暮らしの年寄りとか、ガキとか、学生とか、そういうやつらからな」

エアデイルは感心したようにうなずいてみせ、ドアへ視線を走らせた。「おいでなすったぜ」と彼は言った。「ロサンジェルスへの神様のささやかな贈りもの——もしくは、みんながフリスコへ引っ越す原因がさ」

イレインは、イレインにしては悪くない状態だった。いつだって喧嘩腰でだらしない女だったが、今はそれ以上ではない。魅力的で心あたたまる妖精のような笑みさえ浮かべている。だが、悪口が聞こえていたことは明々白々だった。彼女はエアデイルに向かって、人差し指で卑猥なジェスチャーをしてみせた。

「あんたなんかあたしのケツにキスしろってんだ。このおしゃべりのおせっかい野郎！」

「おまえのケツって、その鼻の下についてるやつか？　ごめんこうむるぜ、ハニー。俺はスカートの下のクリーンなとこ専門なんでな」

「なによ、このクソ野――」

「やめとけ」トディはイレインの肘をつかんでドアのほうへ引きずっていった。「シャレになってねえぜ、エアデイル」

「誰がシャレなんて言ってる?」エアデイルはそう言いかえし、出ていくふたりを見おくりながら体を揺らして椅子の足を床に打ちつけ、吼えるような笑い声をあげた。ようやくそれがおさまるとチェックのシャツの袖で目もとをぬぐう。そして現金入りの引き出しをのぞきこんで考えこみ、しっかり閉めた。

いっぽうトディはホテルへ帰るタクシーのなか、イレインの口からやわらかく途切れなく流れ出る野卑で下品な言葉をぼんやり聞きながらしていた。悪口雑言に慣れてしまったわけではない。むしろなかなか慣れなかった。このときはただ、次々と新しい表情が浮かんでくる彼女の顔に心を奪われていたせいで、言っていることについていけなくなっただけだった。

イレインは表情を完璧にコントロールできる女だった。たった数秒のあいだに、悲しみも歓びもとまどいも怯えも驚きも演出した――めまぐるしく。彼女のことを知らなければ、いや、知っていたとしても、ときには、パントマイム的な感情の動きをなんの疑いもなくホンモノだと信じてしまうだろう。

たった今その顔に浮かんでいるのは、天使のごとき諦念であり、しめやかな哀訴だった。そして口からはこんな台詞。「どうすんの、このしみったれのゲス野郎。あたし、ボトルが欲しいと思ったら、絶対手に入れる女なんだけど！」

トディはイレインの言葉を聞くとも聞かず、放心したように首をふった。彼女の脚がこっちの脚の下にすべりこんでくる。極小のパンプスの踵がトディの股間をこすって揺れた。彼は罵りながら体を引いた。そのとき、ふりまわした手の甲が思わずイレインの顔にあたってしまった。

力をこめた一発ではなかったが、かなりの音がした。タクシーががくんと急停止し、運転手がガラスの間仕切りにしかめっ面を押しつけた。

「なんのつもりだ、あんた」

「こいつが——」トディはうめき声をおしころした——「余計な口を挟むな！」

「ほう、そう来たか」運転手はドアに手を伸ばした。「口を挟むことだって俺の仕事なんだぜ」

「待って」とイレイン。「お願いだから待って！　こういうことなの、運転手さん。あたしの旦那、ムショから出たばかりで、神経がすっかり昂ぶってるのよ――」そう言ってグラフでも描くように手をひらひらさせる。「一杯飲みたがってるんだけど、あたしは飲ませたくなくて。でもきっと……そうね、もしかすると飲ませたほうがいいのかもね」

「ちきしょう」トディは吐きすてた。「俺は酒なんか――」

「飲みたいのよね、ハニー」イレインがいたわるように腕に手をかけた。「飲まなきゃダメみたい、運転手さん。あたしを殴ったりすることなんて、ほとんどないのよ。こ、こんなふうにならなきゃね」

運転手は不満げな声を出した。「オーケイ、旦那。あんたの好きにしていいってよ」

「運転手さんにおカネを渡して、スイートハート」イレインが言った。「好きなだけ飲めばいいでしょ。あたし、なんにも言わないから」

「いいか、俺はこれっぽっちも――ああ、もういい！」トディは言った。

車がとまっていたのは、もちろん酒屋の前だった。イレインはきっちりタイミングを計ったうえで、わけのわからない芝居を打ったわけだ。トディはほとんど投げつけるようにして運転手に五ドル渡した。ウィスキーのパイント瓶を買ってきた運転手は、釣り銭とボトルを文字どおり投げてかえした。

イレインはそんなふたりをさもおもしろそうに眺めると、とびきりお上品な仕草でボトルを手にとり、ビッグサイズのハンドバッグにつっこんだ。

トッドとイレインが暮らしているホテルは、ロサンジェルスを南北に分けるラインの少し北側にある全二百室の安宿だった。いくつかの偶然を除けば、一流ホテル並みなのは料金だけだ。

警備係が歩合で働き、ゴロツキが来ると客室係がカウンターごしに跳びかかるような宿。戦時中は「ちょっとさっぱりしたいだけ」のカップルに部屋を貸して、何度も経営を立て直したらしい。住んでいるのはこの手の場所が好きなやつらか、いい宿には泊めてもらえないやつらだった。

絶対に二階の部屋がいいと言いはったせいで、トディはその場で受付係からヤクザ者だと決めつけられてしまった。ヤバい男はみんな低い階を選ぶ、ってわけだ。下にいれば怪しい雰囲気を嗅ぎつけられる。先手を打って難を逃れることも可能だ。

料金は最初から割高だったというのに、三日後、地面に近い部屋を要求した主な理由が明らかになった時点で、さらに週に十ドル値上がりした。受付の男は自分なりにではあるが、示せるかぎり理解というものを示してくれた。イレインのことを、すばらしく素敵な奥さんですな、とさえ言った。それでもやはり宿賃は上がった。

受付の男はこうのたまった。そうするしかないんです、わかりますか、ケントさん？　宿には責任ってものがあるんでね。そりゃ、世界でいちばんかわいいあんたの奥さんが、たまに騒ぎを起こしたりすることもあるでしょう。だが最近のやつらはユーモアってもんがわからなくなってる。二階から頭の上に水差しを落としただけで、冗談でもなんでもなく、殺す気か、なんて話になっちまうんですからね。

トディは文句も言わず十ドル余計に支払った。おかげで窓には頑丈な金網のスクリーンが張られた。だがそんなもの、なんの役にも立たなかった！　空き瓶で窓が割れることはなくなったが、もっと重たいものだったら話は別だし、実際そういう事態になったこともあった。だからトディは裏道に面した部屋へ移った。ひとつしかない窓は非常階段でしっかり守られていた。もちろん、やろうと思えば非常階段を使って荷物を出し入れすることはできたのだが。

居心地という観点から見れば、トディとイレインがこれまで暮らしたどんな部屋に比べても断トツに最悪だった。換気は悪かったし照明も暗い。冬のいちばん寒い日でも（そう、カリフォルニアにだって寒い日はある！）室温はイヤになるくらい高かった。部屋の隅にホテルの焼却炉の煙突が通っていて、ほとんど断熱処理がされていないせいでオーブンのような熱を発していたからだ。一度イレインが大暴れのさいちゅう、四角い金属の筒を壁にとめている金具をゆるめたことがあった。排煙筒をもとに戻してゆるんだ継ぎ目を締めなおしているあいだに、トディの顔は熱風のせいで真っ赤になってしまった。

ホテルには苦情を言った。もちろん、排煙筒を除去しろと要求したわけではない。そんなことは不可能だ。だから、金具がゆるんで危ない箇所をなんとかしてくれと言っただけだった。ホテル側は、排煙筒もゆるんでるかもしれないが、あんたの嫁さんの頭のネジもゆるんでるでしょ、とやりかえした。排煙筒は床に釘で固定されてるわけじゃないんですよ。そんなに部屋がイヤなら出ていけばいいじゃないですか。宿のやつらはトディとイレイン・ケントにうんざりしていたわけだ。

その夕方トディはイレインのあとについて、ぼろぼろの赤いカーペットが敷かれた長い廊下を歩いていた。漂ってきたのはジンとハッパのにおい。聞こえてきたのは嘔吐と男女の営みとバカ騒ぎ。部屋の鍵をあけて脇に寄り、イレインを先に入れてやった。ドアを閉めて買付人用の箱をサイドテーブルに置き、椅子に沈みこむ。

イレインは尻を半分載せるようにしてベッドに座り、背もたれによりかかった。ボトルについていたフォイルを歯でむしりとり、栓をとって放りだしてからぐびぐびと喉を鳴らして中身を飲む。

「最高よね、王子さま?」目尻にしわを作ってトディを見た。「王子さま――『子』っていう字をとってあげてもいいけど。もう一杯飲まない?」

彼女はもう一杯飲むと、再びボトルをおろした。「じゃ、お説教を聞かせてよ、王子さま。さっさとしないと礼拝式に遅れちゃう」

「おまえな、俺は――俺は――」トディは言葉に詰まって目をこすった。「こういうことをするカネはどこで稼いでるんだ、イレイン? 誰にもらってる?」

「自分で考えてみなさいよ。みんながあんたみたいなしみったれじゃないんだから」

「俺はケチじゃないぞ。それはわかってるだろ。おまえを助けるためなら、なんだってする――ほんとうに助けるためだったらな」

「あんたの助けなんて、どこの誰が欲しがってるの?」

「おまえがどこでカネを作っていようが、誰にもらっていようが、そいつはおまえの友達じゃない。最大最悪の敵だ。わからないのか? いつか、どうしようもないことにまきこまれて逃げられなくなるってのが、わからないのかよ——俺も、そしてほかの男も、誰も助けてやれなくなるってのがさ。おまえはアタマのいい女だ。おまえは——」

そこまで言ってイレインをにらみつけた。瞬間、彼女を手にかけたくてたまらなくなった。そうすれば……だがしかめ面はすぐに消えてしまい、殺人衝動に似た感情も薄らいでいった。そして彼は自分でも意外なことに、くすくす笑いだした。

イレインは今や、まじめくさった仮面でその顔を覆いつくしていた。バカバカしくて笑わずにはいられなかった。

「わかった。言ってもしかたないな」トディはためいきをもらし、煙草に火をつけた。「さっさとシャワーでも浴びろ。俺は今日のあがりをミルトに渡してくる。戻ってきたらディナーにしよう」

「誰がシャワーを浴びなきゃいけないわけ？　誰がディナーなんて食べたいの？」

「おまえがだよ」立ちあがりながらトディは言った。「おまえがだ。さあ、バスルームに行ってゴシゴシやってこい！」

イレインはベッドから急発進し、バスルームのドアへと走ったと思ったら、片手にドアノブ、片手にボトルをつかんだまま凍りついた。そして不快な表情を浮かべて目をせわしなくしばたたかせ、金切り声をあげはじめた。

血も凍り脊髄も震えるような悲鳴が次々と続き、音量をあげていく——恐怖と苦痛のクレッシエンド。イレインが勢いよくドアを閉めて鍵をかけると、悲鳴は唐突にとぎれた。シャワー音の向こうから、おもしろがるような意地の悪い笑い声が聞こえてきた。トディは少し体を震わせながら電話に近づき、動きをとめた。電話が鳴りはじめたからだ。受話器をとりあげ、だるそうに話をした。

「わかった……静かにするよ。ああ、ああ、わかってる。オーケイ、今は何も聞こえないだろ？　うん、わかったよ！」

受話器を叩きつけ、渋い表情を浮かべてためらった。もう一本煙草に火をつけ、気持ちを落ち着かせようと深く吸いこむ。そして箱のふたをあけ、目をしばたたかせた。

いいいいいなんだこりゃ？　こんなものがどうして？　いいいいええと……俺はこいつを手にとって、そういいいいして、そうだ、箱のふたがあいてたんだった。それからアゴナシが俺を蹴りつけようとしいいいいて、犬が暴れだして、それから……。

トディの手がゆっくりゆっくりおりていき、時計をとりだした……しゃべる犬の家にあった時計だった。

今度こそ重さを実感できた。持つ手にぐっと沈みこんでくる。重量を見積もる能力のある人間なら——トディにはその能力が充分備わっていた——たっぷり一ポンドはあると判断するはずだ。もちろん、そのほとんどが機械部分《ムーヴメント》の重量であることはわかっている。こういった時代遅れの分厚い時計でも、ケース部分の重さが最大三十ペニーウェイトをこえることはめったにない。つまり一オンス半。今の時計だとムーヴメントが薄くなったせいで、ケースもその半分をちょっとこえるくらいだ。

箱からルーペをとりだし、ドレッサーのほうへ行った。明かりをつけて爪の先でケースにわずかな傷を入れる。ルーペをはめ、新たにできた凹みを拡大して調べた。トディは軽く口笛を吹いた。

二十四カラット。二十四カラットだ! 通常の装身具にはまず使われることのないカラット数。例外として考えられるのは、勲章だとか細かいメッキ部分くらいだ。これだけの手触りなのだからかなりの値打ちだろう……ということは?

トディは時計をおろし、手のひらでぼんやりなでながら立ちつくした。すると、ピンという小さな音が聞こえ、ムーヴメントと文字盤と表面のガラス部分がひとつのかたまりになって飛びだしてきた。彼はそれらに、いや、ひとつのかたまりに目をやり――ケースと交互に眺めた。それぞれを別の手にとり、バランスをとってみる。

ムーヴメント自体は十セント硬貨より少し大きいだけだった。付随するガラスと文字盤を入れても、五ペニーウェイト弱くらい。そうすると、ケース部分はほぼまるまる一ポンドということになる。ロサンジェルス郡全体をくまなく探したって、集まる純金の量は一ポンドそこそこだろう――もちろん役所の金庫を除けばだが。なのにこの手のなかにもう一ポンドあるなんて。

トディはふたつに分かれた時計をもう一度ひとつに組みなおした。興奮で指が震え、陽焼けした顎のあたりに笑いがこみあげてくる。心の奥の静かな片隅で、ギズモが目覚めつつあった。ギズモは毛布をはねのけてベッドの下に手を伸ばし、隠してあった陰謀の道具箱をとりだそうとしている。

つまり俺はたまたまこの時計を持ってきてしまったわけだ。こいつは俺のものではない。しかし、だからなんだ? たぶんアゴナシ野郎は所有権を主張するだろう。この時計をどうしようとしていたのか説明したがるかもしれない――いや、正確に言おう――時計ではなく、二十四カラット、純度99．9パーセントの金塊を、だ。

もちろん、アゴナシはあれこれ説明するような人間ではないだろう。かかわって楽しい男だとも、少しも思えない。だがこんなことで騒ぎたてるバカでもないはずだ。いや、どうだろう。自信はなかった——しかし俺はもともと本命に張る男じゃない。こいつはやってみる価値のある賭けだ——それだけは自信を持って言えた。

ムーヴメントそのものは、時計としては役に立たないシロモノだった。二、三時間動けばとまってしまうようなポンコツであり、真の価値を隠す役割をつとめているだけだ。こんな時計をたった一個手に入れるために四苦八苦したり、大金を投じたりするやつなんていやしない。だがもちろん、別のものであれば話もまた別だ——時計でない、何か別のもの。見た目が示すより何倍も重たいもの。そんなブツを手に入れるためだったら——。

バスルームの騒々しいシャワー音が耳に入ってきて、トディは策をめぐらすのをやめた。きれいな灰色の瞳から興奮の光が消えていく。こんなことをしてどうなる？　なんの役に立つ？　どれだけ稼いでも結果は同じじゃないか。イレインの掘った底なしのネズミ穴に際限なく呑みこまれていくだけ。

……箱を小脇に抱えて部屋のドアを閉め、長い廊下を階段のほうへ歩いていった。ロビー脇の出口から外に出ると、はたからでは一瞥しただけだとしか思えないくらいさりげなく、スモッグがたちこめる周囲の様子を再点検する。そうして交差点の角まで行き、街灯によりかかった。

傍目には信号待ちだとしか見えなかったはずだ。だがトディが実際に待っていたのは、入口近くの暗がりにひそんでいた男だった。肩幅にほぼ負けないくらいつばの広いグレイの帽子を目深にかぶった、胸の薄い小男。シェイクの手下のひとり——ドナルドという名のナイフ使い。

男が近づいてきた。そいつは街灯の反対側までにじりよってくると、口の端からこう言った。

「返事をくれよ、ケント。シェイクはもう待てねえって言ってるぜ」

「あの阿呆がか?」トディは「どういうことだ?」と言うのと同じ抑揚で言った。

「二度と言わせるな。次に会うときその箱のなかに入ってるのは、金じゃなくておまえの金玉だからな」

「おいおい、ドナルド!」トディは応じた。「それじゃあフタが閉じなくなっちまうだろ」

ドナルドは答えなかった。答えられなかった。街灯ごしにまきついてきたトディの腕が、彼の鼻面を錆びた鉄柱に押しつけたからだ。鼻がほとんど真っ平らになった。

「おふぁあぐぅぅふぉ」彼は不明瞭な言葉を発しつつ、なんとか腰の鞘から薄いスチールのナイフを抜いた。だがトディはさらに腕に力を入れ、ナイフを側溝に叩き落とした。

「いいか」とトディは言った。「この際だからはっきりしとこうぜ。俺はみかじめ料なんか払わねえ——一セントもだ。こういうことは二度とやるな。もしやったら——いや、やめとくんだな」

彼は小馬鹿にするように、ナイフ使いの男を一回転させてから解放した。そうして通りを渡り、ふりかえりもせず闇へと消えた。

当然ながらミルトの店の明かりは消えていた。しかしドアに鍵はかかっていない。金の売買という稼業をやっているくせに、ミルトの性善説は驚くほど強固だった。

トディは慣れた足どりで暗い通路を進んでいき、住居部分へ続く小さなドアを押しあけてカーテンを分けた。リビングにミルトの姿はなかった。だがキッチンから興奮した声が聞こえてきたせいで、居場所はわかった。時代遅れの広いテーブルの上へ箱を置き、奥の部屋へ入ってみる。

ビールを配達しに来た不機嫌そうな陽焼け顔のイタリア人は、いつものように遅刻したらしく、いつものようにミルトがそいつを叱りとばしていた。彼は裏口まで男についていき、滑稽な感じで腕を振りまわしつつ次から次へと不平不満を並べたてた。

「物事の大切さってのがわからんのか？　どう言ったらそのアタマに入る？　ビールを切らしたらどんなことになると思う？　どうなんだ、このなまけ者！　きっとおまえにゃどうでもいいんだろうよ。あたしが一口も飲めずにここで放っておかれてもな」

配達トラックの大きなエンジン音がミルトの抗議をかきけした。彼は顔を怒りでピンク色に染めてぶつぶつ言いながら、トディのほうを向いた。

「教えてくれ、友よ。あんなマヌケ、どうあつかえばいい？　おまえさんだったら、どうする？」

「あんたと同じことさ」トディはくすくす笑った。「毎晩あいつと口げんかしないと、あんたも張り合いがなくなるじゃないか。それにどうせ、冷蔵庫はビールで満タンなんだろ？」

「しかしモノの道理ってやつがあるからな！　あたしが予知能力ってやつを発揮したからって、道理は変わらんさ」

「オーケイ」トディは言った。「このぬるいのをひとつもらいたいんだが、いいかな。こんな夜には俺も――」

「やめろ！」

「おっと！」トディはビールケースに伸ばしかけた手をあわててひっこめた。

「いかんぞ！」とミルトはわざと激しい口調で言った。「あたしの家でそんな冒瀆は許さん！　ぬるいビール？　うええっ！　味覚的なショックもそうだが、体にどんな影響が出るかわからんぞ」

「でも俺は好き――」

「そんな不自然な欲望を助長させるわけにはいかんな。来い！　ほんの少しだけ冷えたビールを飲もうじゃないか」

ミルトはあふれそうになっている冷蔵庫の底からボトルを二本とりだすと、リビングへ運んだ。ふたりはテーブルをはさんで椅子に座り、黙ったまま乾杯してから金の等級決めと計量にとりかかった。

一日のなかで秤が使われるのは、チェックインと呼ばれるこの時間だけだった。腕のいいゴールド・バイヤーなら、手に持っただけで重さを量れる。誤差は数グレイン程度のものだろう。もちろん、クライアントにはそんな芸当などできやしない。自分の売ろうとしているものの目方がどれくらいなのか、ほとんど見当もつかないままだ。やつらが住んでいるのはオンスとポンドの世界……買い手がうまくやれば、クライアントはそこにとどまるしかない。だからバイヤーはよほどのことがないかぎり、秤など使わなかった。

当然のことだが、仲買人であるミルトを相手にするときは、秤が必要だった。適当に量って数グレインの誤差が出ただけでも問題だ。一グレインは一トロイオンスのたった四百八十分の一だが、買付で何十回にもわたってそんな誤差が生じてしまうと、仲買人は一週間分の儲けを失いかねない。等級決めのほうは支障なく進んだ。金の質は輝度で決まる。ミルトもトディも手間取ることなどめったになかった。

トディはミルトのくれた紙幣を財布につっこんだ。確かに稼ぎのいい日だった。それでもあの時計をカネに換えられれば。ドレッサーの引き出しの奥に隠した二十四カラットの金塊、一ポンド……あの時計の出所さえわからなくすれば——。

「何か」とミルトが言った。「気になることがあるようだな、友よ」

「いや、そんな」トディは首をふった。「ただぼんやりしてただけだよ。ちょっと訊きたいんだけどな、ミルト」

「あたしにわかることだったら」

「どこで――いや、こういうスクラップゴールドをどれくらい集めれば、二十四カラット一ポンド分になるのかなと思ってさ」

「そうさな」とミルトは答えをためらった。「質問がいささか曖昧だな。スクラップの質によるさ――十カラットなのか、十四なのか、十八なのか。たとえば全部十四だったとすれば、まあ、見積もりは簡単だ。十四カラットは純金の六十パーセントだから、一ポンドの二十四カラットに精錬するのに二ポンドは必要ないことになる」

トディは口笛を吹いた。「それだけの金、あんただったらどこで手に入れる?」

「手に入らんだろうよ。そんな量の金なんてな。うちのやつら二、三人で一週間かかって集めてくるより多いじゃないか。それに、買えたとしても二十四に精錬したりはせんね。どうしてそんな必要がある? なんの得もない。二十四カラット一ポンドに対して造幣局が払ってくれる歩合は十四カラット二ポンドのときと変わらないんだからな。実際の数字がどうだろうが、同じことだ」

「でも、売る相手が造幣局じゃなかったら?」

「だがほかにいったいどこへ……ふうむ」ミルトが言った。

「おいおい、ちょっと待ってくれ――」トディはにやにやしながら手をあげた。「早合点はナシだぜ。思いつきを口にしただけなんだから」

「その手の思いつきは気にくわんな」

「でも、いいかい、ミルト……どうしてダメなんだ？　この国じゃ純金はオンス三十五ドルってことになってる。だが外国じゃ売値は七十五から百五十——その国の通貨がどれだけ不安定かによるがな。だからスクラップを二十四カラットに精錬して、装身具にしたり小間物にしておけば……」

「そうだな」とミルトは答えた。「おまえさんの言いたいことはよくわかる。宝石を身につけてメキシコに入ればいい——それなら数ドルしかかからないし安全だからな。身につけた人間も難なく守ってやれる。そしてメキシコに入っちまえば、そこからブツを海外に持ち出すのはお茶の子ってわけだ。そうか、わかった、なるほどな」

「何が？」

「何がじゃない。わかってるだろう。この国の外へ金を持ち出すにはいくつか罰則があるんだぞ。金塊なんて、所持してるだけで連邦法に触れるんだ」

「でもすごい儲けじゃないか、ミルト！　考えてみてくれ——」

「そうだな」ミルトはむっつりと言った。「儲けか。そりゃ結構だ。だがおまえさんはこれまで、そういう儲けのある事業をいくつ手がけてきた？　どれだけ利益をあげた？　え？　思い出させてやろうか、なんともおバカなトディ君よ」

「おいおい」トディは少し顔を紅潮させながら言った。「そういうことをここで持ちださなくてもいいじゃないか。とにかく、こいつはまた全然違う話なんだ」

「自尊心が傷ついたみたいだな」ミルトがうなずく。「せっかく内緒事を教えてくれたんだから、あたしもおまえさんが忘れたいことを思い出させてやる。よろしい。おまえさんの自尊心ってやつを、もっと傷つけてやろう。これまでの大冒険でおまえさんがどれだけイヤな目にあってきたか、思い出させてやるよ。あやまちがくりかえされるのを見てるよりも、そのほうがマシだからな」

「だけど――」トディはそこで自制し「まあ、いいさ」と言った。「俺たち、何を言い合いしてるんだ？　さっきも言ったけど、思いついたことを口にしただけなんだから」「こっちもさっき言ったことだがな、そういう思いつきをいじくりまわすのはよくないぞ。なぜそんなことにこだわってる？　危ない橋を渡らなくても、充分に稼いでるじゃないか。ここじゃあ警察に目をつけられてるわけでもない。わざわざバカなマネをしてみせなくたって、おまえさんにゃすばらしい収入が約束されてる。それだけじゃなく、もっと大事な自由ってやつも約束されてるんだぞ。その反面、もし——」

「わかってるさ」トディはかすかないらだちを見せながら応じた。

「わかっちゃおらん。おまえさんがすばらしい店で働けるのは、この街の、このロサンジェルスの警察に指紋を採られてないからなんだ。忘れてるだろう。営業許可局のリストには、短くても正確なおまえさんの身体的特徴が載ってるってことを。局がそんなデータを保管してる理由も——警察はいつだってバイヤーを疑ってて、いざとなりゃすぐにつかまえに来るっていう事実もな。わかるか? 目立ちすぎないかぎり、安全なんだよ。でも一度だってそういうことをやってみろ。指紋を採られて、当然のごとくおまえさんの記録が明るみに出るって寸法だ」

トディは長くゆっくりとビールを飲んだ。「そうだな」と時間をかけて言う。「わかってる……でもひとつ教えてくれ、ミルト。念のために知っときたいんだ。そうすればもう黙るから」

「どうしてもって言うんならな」

「もしあんたが——そんなことやらない、ってのはわかってるんだ——でももし、毎週いろんな種類のスクラップを買い集めて、それを精錬して六から八ポンドの二十四カラットにしたかったとしたら？　かかっちまういろんな経費もまかなって、その上でリスクに値するだけの充分な大金が稼げるとしたら？　あんたなら、どうする？」

「あたしにはそんなこと、不可能だね。さっきも言ったとおりだ。どこかの大手の精錬所だったら、それだけの金を買いあげるかもしれんが」

「でもそういうところはチェックされてるだろ？　造幣局へ提出する量が減りはじめたら――」

「そりゃ、チェックされてるさ。ウチみたいな、たいした大手でもない仲買でさえチェックされてるんだからな」

「ふん」トディは眉をひそめた。「じゃ、こういうのはどうだ？　買付の手を広げてほかの仲買人のグループからも入ってくるようにすればいいじゃないか――ひとりひとりからだいたい一ポンドくらいのスクラップを買うってのは？」

「その手のグループに、リスクに見あう以上のカネなんて払えやしないだろう。おまけにそうやって買ってれば、危険な形で裏商売をやってることが外に漏れるかもしれない……それがあたしの答えだ、トディ。不可能だよ。ムリなんだ」

「でも――つまり――」

「なんだ?」ミルトが言った。

「なんでもない。オーケイ、納得したよ」トディはにやりと笑った。「ビールもう一本、どうだ?」

トディは心配しつつ詮索するようなミルトの視線に気づき、居心地の悪い思いをしながらビールを飲みおえると、すぐに店を出た。しかし、あの時計に感じたジリジリするような誘惑から自由になったわけではなかった。靄のかかった通りを足早に戻りながら、むしろその思いは数倍にもふくれあがっていた。

ちくしょう、ミルトがなんと言おうと、あの金がどこかで買われたことは確かだ。これまで俺が触れてきたどんな金ともまったく違うブツ。気をつけなければならない。しっかりした計画が必要だ。しかし今まで何度かドジを踏んだからって、こいつをあきらめるわけには——。

ホテルに着くころにはほとんど駆け足になっていた。エレベーターを無視して階段をあがり、一目散に廊下を抜ける。イレインをひとりにしとくんじゃなかった。時計を部屋に置いてくるんじゃなかった。

ドアノブを握った手が震える。まわしてなかに入った。部屋は暗かった。スイッチを探して明かりをつけた。

彼女は仰向けでベッドに大の字になっていた。素っ裸だった。シャワーを浴びた直後に揉みあったせいだろう。シーツが濡れてしわくちゃだ。血走って見開かれた目が、歪んだ顔から異様なくらい白く飛びだしている。静脈が紫色に膨張していた。

首元にまきついているのはストッキングの片方だった。二度、三度と縛ってあった。硬直しつつある指がそのときもまだ、ストッキングをつかもうとしていた。もういっぽうのストッキングは口につっこんである。何度も噛んだせいでよだれまみれになったつま先の部分が、楕円形に開いた泡まみれの唇のあいだからはみだしていた。

トディはたじろいだ。こんなことになるなんて……俺のカンでは……この女はいつも面倒ばかり起こして……。彼は眼を閉じ、また開いた。手を伸ばす――べとべとになったストッキングの切れ端のほうへ。そしてあわててその手を引っこめた。

もちろん部屋は荒らされていた。ドレッサーの引き出しはすべて抜かれ、床の上でひっくりかえっていた。トディはめちゃくちゃになった部屋から窓へと視線を移した。近寄ってブラインドをあげる。

非常階段の降り口あたりに人影が見えた。肩幅とほぼ同じくらい大きな帽子をかぶった小男。段を踏みはずしてはさまった足を抜こうと、そいつは必死にもがいていた。

7

イレイン・アイヴズという女に出会ったとき、トディは絶好調だった。ワードローブは服でいっぱい、懐にはつねに数千ドル、車はキャデラック――残念ながらレンタカーではあったが。そうやって次のヤマを狙っていた。

トディは趣味のよい男だった。上等な部屋で暮らしたし、そうすることの意味もわかっていた。当時住んでいた瀟洒な長期滞在用ホテルでは、テキサスの百万長者の子息だと思われていた。よく陽焼けして上等なオーダーメイドの服を着た若い男と裏稼業を結びつけるなんて、誰ひとり考えもしなかった。

イレインに出会った日、彼はホテルのバーに座っていた。通りから女がついてきたのはわかっていたが、顔は見なかった。最初に目を合わせたのは、彼女が隣のスツールにひょいと座り、こちらを見あげて歯を見せながら愛嬌たっぷりに微笑んできたときだ。

「まだ注文しないの、ダーリン?」とイレインは言った。「あたしはライをダブルでもらおうかな。水をサイドで」

トディはバーテンを見た。そいつはいぶかしむような冷たい目でイレインを見ていた。

「俺もそれにしよう」とトディは言った。「ライのダブルをふたつ。水をサイドで」

イレインが頼んだ飲み物を口にし、さらに三杯飲むあいだに、トディは何度かさりげなく彼女を眺めた。プラスとマイナスをチェックしていくと、最終得点はゼロになった。まず、痩せすぎだ。服装は——帽子を除けば——イレインはいつだって帽子にうるさかった——あわててそのへんのものを着てきたようにしか見えなかった。前歯に大きな隙間があるせいで、口もとはほとんど不細工だと言っていい。しゃべったり笑ったり微笑んだりしてひっきりなしに顔に皺をよせるところなんて、驚くほど猿に似ていた。

だが悔しいことに、イレインには彼を惹きつける何かがあった。黄金色のあたたかい何かがトディをつかまえ、包みこみ、近くへ近くへと引きよせた。どれだけ近づいても近すぎることはなかった。その思いはバーテンにも伝染したらしく、そいつはいそいそとイレインの紙ナプキンや氷を替えたり、マッチで煙草に火をつけてやったりした——何か見返りが期待できることをしようと、じっと待機していた。

トディはちらりと腕時計を眺め、スツールからすべりおりた。「もう遅い時間だな」と言って注意を惹く。「そろそろディナーにしたほうがよくないか?」

「いいえ」イレインはすぐに応じて顔をしわくちゃにしてみせた。「おなか、すいてないの。

ここにいましょうよ。あたしと、あなたと、ナイスなバーテンさんとでね」

バーテンは阿呆のように目を輝かせ、それからトディにしかめっ面をしてみせた。トディはバーテンに賞賛のまなざしを送った。

「でもさ」と彼は言った。「このナイスなバーテンさんは、ナイスなライセンスを失う危機に瀕してるんだぜ。こんなにナイスな場所で働けるんだから、ライセンスには二万五千くらいのナイスな値段がついてるはずだ。しかし、すでに酔っぱらった客に酒を提供するのは、どうもナイスな行為だとは思われてないみたいなんだよ。明らかにディスイして酩酊してる人間にはな」

「ゲスいだなんて――そんな人間じゃないわよ！　あたしはただ普通の――」

だが今や追いつめられていたのはトディよりバーテンのほうだった。イレインはかろうじて座っているような状態だったし、とてもじゃないが元気ハツラツだとは言えなかった。トディが店から連れ出してキャデラックに乗せると、彼女は即座に気を失った。

トディは、何か住所がわかるものはないかとハンドバッグのなかを探した。しかしコンパクトと口紅以外入っていたのはただひとつ、丸めた手紙だけだった。それを読んだトディの心のなかには、喜ばしい思いが広がった。

もちろん最初から、客をあさっている売春婦だとは思わなかった。それでも手紙を読んでおいてよかった。どんな女だってこういうことが自分の身に起こったら、我を失って当然だ——仕事をする前からスタジオとの契約を破棄されるなんて。俺だったら見も知らぬ他人を殴ってまわるかもしれない。手紙を持ったままそう考えたとき、トディはどうして彼女の顔に見覚えがあったのか思いあたった。

何年か前、映画で見た女だ。作品としてはひどい出来だったが、ひとりの女優——苦境にありながら気のきいたセリフを連発する安売店の店員だけは違った。彼女はほぼひとりで映画を救っていた。目もとに落ちかかるほつれ髪を息で吹いたり、スカートの細い腰まわりをちょいと直すだけで、客席は歓声をあげ、大声で笑った——彼女を笑うのではなく、彼女とともに笑った。涙まじりの笑いだった。

トディはイレインが目を覚ますまで車を走らせ、それからドライブインに入ってトマトスープとコーヒーを飲ませた。彼女はそんな気遣いを当然のように、信頼しきった様子で受けとめた。質問なんてしたくもなければそんな必要もない、という風情だった。トディはイレインをノース・ハリウッドにある彼女の自宅まで送っていった。住んでいるアパートは中庭に面していた。

室内に入り、脱ぎちらかした服や空のボトルやひっくりかえった灰皿の散乱する部屋のなかをすりぬけて長椅子まで連れていった。するとイレインはそこへ倒れこみ、またしても即座に眠りに落ちた。

トディは彼女を見つめた。どうすればいいのかというとまどいとともに、面倒を見てやらなければ、という奇妙な義務感も感じていた。すると中庭へ続くドアが不意に開き、ひとりの女が入ってきた。

墓地にある天使の彫像のような胸をして、表情もやはり石のように堅い女だった。しかしそんな女でさえイレインを見おろすと、悲しみをにじませながら言った。

そう、あなたがミスター・アイヴズなのね。イレインがずっと尋ねてくるって言いはってたお兄さん。ほんとうはお兄さんなんていないんじゃないかしら、って疑いはじめてたとこだったんだけど！　あなたは心配でしょうけど、私はイレインが好きだし、それに――それにとっても才能のある子でしょ、ミスター・アイヴズ！　でももう長続きはしないかも。この人、耐えられそうにないから。だからすぐにでもあなた、新しく住むところを見つけてあげてくれないかしら。それも絶対明日までに――それから、さっさと準備を始めたいでしょうけど、その前にたまってる家賃をね――六週間分あって……。

トディは滞納分を支払った。その夜は部屋にとどまり、二脚の椅子を並べてその上で眠り、朝になるとイレインの荷造りを手伝った。いや、彼がひとりで荷造りをしたと言ったほうがいいだろう。その合間に何度も作業の手をとめ、便器にかがみこんで嘔吐する彼女を支えてやり、そのあと顔を洗ってやった。

別のアパートを見つけて前払いもすませ、イレインを寝かしつけた。彼女は枕から顔をあげ――読書スタンドにはウィスキーの瓶が「薬」として置いてあった――そのときようやく、トディが何をしてくれたのか気づいた様子だった。

「ここに座って」彼女はぽんぽんとベッドを叩きながら言った。トディは腰をおろした。「手を握ってくれたほうがいいかも」と彼女が言った。トディは手を握った。「じゃあ」とイレインは言い、皺を寄せてしかめっ面を作った。「あなたのこと、どうすればいい?」「どう、って?」

「意味はわかるでしょ」彼女は大マジメに言った。「あたし、文無しなの。仕事もないし、いつ働けるかもわからない。ほんとならいっしょに寝てってお願いするとこなんだろうけど、でもあたし、そういうのってしたことないし、それにあなただってあんまり楽しくないでしょう? あたし、やせっぽちだから、きっと骨が刺さっちゃう」

「そ、そうだな」トディはうなずいた。ほんとうは今にも大声でわめきだしそうだった！

「洗濯くらいならしてあげられるかも」とイレイン。「今あなたが着てるのって、とってもいいスーツね。それをすっかりきれいに洗ってあげて、窓のところに干して、そうすれば……五十セントくらいの仕事になるかしら？」

トディは首をふった。言葉が出てこなかった。

「じゃあ」——慎ましやかな口調だった——「二十五セントくらい？」

「や、やめてくれ」とトディは言った。「ああ、頼むから……」

家を飛び出した夜以来、泣いたことなどなかった。義理の父親を木材で殴って半殺しにした夜。あの夜彼は、納屋に入ってきた父親の頭を殴りつけたあと、折れた垂木のせいで起きた事故に見せかけようとした。それでも恐怖で体が震えた。恐怖と、あの痺れるような夜の寒さ。貨車の片隅にうずくまっていると、夜のあいだに浮浪者がひとり忍びこんできた。そいつは、路上世界の礼儀作法に従って片隅まで——トディのいる片隅までやってくると小便をはじめた。トディも、サンドイッチの薄い包みも、びしょびしょになった。体の上で小便が凍った。泣いたのはそのときが最後だった。

今の今まで。

彼はベッドの脇にひざまずいていた。彼女はぎごちなくトディの腕をつかんだまま、愚かなほどやさしく抱きよせ、子供のように語りかけた。ひとりの子供からもうひとりの子供へ。男と女の歴史のなかで、こんな瞬間など一度もなかったにちがいない。ふたりはいっしょに泣いた。おたがいのなかに安らぎとぬくもりを見いだした迷い子がふたり。そうしていっしょに笑いだした。イレインはまるで子犬のように愛情をあふれさせながらトディを愛撫し、いつのまにかナイトガウンの肩紐を彼の首にひっかけていた。

彼女はくすぐられて歓びの悲鳴をあげた。小さな乳房が楽しげに彼の顔を叩く。そのうちにトディは彼女を持ちあげてベッドの上に立たせ、もういっぽうの肩紐を下へすべらせた。それ以外、何をしたらいいのかわからなかった。ガウンを体から落とし、いっしょに頭もさげていった。

トディはガウンをふりはらってイレインを見あげた。彼女はまだまっすぐ立ったまま、壁の鏡で自分自身を検分していた。

彼女は首をねじって、子供のような自分のお尻を凝視した。そして鏡に向かい、背中と脚を弓のように反らせてから片脚を宙にあげ、その姿をじっと眺めた。

眉をひそめながらふりかえり、トディに向かってうなずく。「触れてみて……ちがう、ここよ、ハニー。ここでするんでしょ？」

　トディは触れた。

「悪くない」彼は重々しく言った。「全然悪くない」

「痩せすぎじゃない？」

「ちっとも」

　イレインはうれしそうに目を輝かせ、再び脚をそろえた。腕をしっかり体に沿わせたまま、くるりと一回転し、あおむけに寝てトディを見つめる。

「じゃあ」とまどうように言った。「つまり、ええと……始めちゃったほうがよくない？」

　それがトディとイレインの出会いの物語だった。おかしくて悲しく、甘くて苦い、胸が詰まるようなお話。少なくともトディは何かが胸に詰まるのを実感し、それを受けとめた。ふたりはその夜のうちにユマへ飛び、結婚した。すると胸に詰まった思いが喉元から頭のほうまでせりあがってきた。

　文字どおり。

　ふたりでホテルの部屋にいると、イレインは「ボトルを持ってきて、一本でいいから持ってきて」と冗談まじりに言った。魅力全開だった。彼女はどれだけ飲みたいか、パントマイムで教えようとした。部屋をよろよろ歩きまわり、目の上に手でひさしを作る。砂漠で迷った人がオアシスを探しているの図。そうしてオアシスが見つかると――ドレッサーの上のトディの財布という形で見つかると――狂ったかと思うほど奇妙な歓びのダンスをしてみせた。

トディはやさしく微笑みながら彼女と向きあった。「ダメだぜ、ベイビー。今夜はもうやめとくんだ」

イレインは手につかんだ空のボトルで彼の頭を殴りつけ、こうのたまった。「このクソッタレの大バカ野郎。こんな道化芝居、いつまでやってられると思ってんのさ！」

8

シェイクの事務所は、サウス・メイン沿いのエレベーターのないシケたビルにあった。ゴキブリだらけの今にも倒れそうなビル。火でも出たら一発だ。テナントは男性疾患専門の医者に、その手のマッサージ屋（「明るいレディがお待ちしております」）。そして、部屋は一様に狭いくせに名前だけはご大層な会社がいくつか。シェイクの事務所の汚れた窓には「街イチバンの楽々ローン」と書いてあった。それは、死がすべての問題を解決する、というのが真実であるのと同じ意味で真実だった。

保証人のいないやつや担保のないやつ、そして言葉の通常の意味あいにおいて職のないやつだって、シェイクのところへ行けば一ドルから最大十ドルまで借りられた。そしてその借金を返すには——たいていの場合——死ぬまでかかった。シェイクは人づきあいのいい男だ。生き、そして生かすことを好む男。自分ではそうのたまっていた。

シェイクの寛大なる条件が気に入らない客がいても、事は簡単だった。その場合は迅速かつ単純な別の手段がとられた。シェイクのところのパチューコ、つまり気の荒いメキシコ系の手下どもがお客様を訪問するわけだ。椅子一脚の床屋、スタンドの靴磨き、街角の新聞屋、どんな客であろうとやつらはかまわずボコボコにした。やられたほうはドアの隙間から這って出られるくらいペチャンコになった。シェイクはそんな暴力を、複利計算を簡略化する手段だと嘯いた。

トディがドナルドの背中を押して事務所の内部へ入ったとき、シェイクとふたりのパチューコは奥の部屋にいた。やつらは半ガロンの安ワインをわけあいながら、いかにもあやしげなアイリッシュ宝くじの束に同じくあやしげな通し番号をスタンプしていた。三人とも散らかったテーブルの上に頭をよせあったまましばらく唖然としていたが、すぐ我に返った。トディはドナルドの背中をとったままなかへ入り、足で蹴ってドアを閉めた。

するとやつらが立ちあがった。半円型に位置どって三点でトディをとりかこもうとする。しかしトディが窓のほうへ頭を動かすと、動きはぴたりととまった。

「いいか」トディは重々しい声で挑発した。「俺はな、この野郎の首根っこをひっこぬきに来ただけだ」

「お、おいおい、トディ……」シェイクの喉に緊張の痰がからんだ。「なあ、トディ」哀願するような調子だ。「お行儀が悪いんじゃねえか？　閉店後のオフィスにいきなり踏みこんでくるなんてよ」

シェイクは瘧《おこり》にかかったバカでかい水死体のようだった。梅毒にもかかっているのかもしれない。ふくれたほっぺたが、かすかにではあるが常に痙攣しているのはきっとそのせいだろう。

「言っときたいことがある」トディは言った。「そこのゴロツキどもに聞かせたくなきゃ、外に出せ」

「おっと――」シェイクは相手を軽くいなすような仕草をした。「そいつはどうかな。俺たちゃ、ちょっとしたパーティーを楽しくやってたとこなんだ。ラモンとファンと俺でな。誰にも迷惑なんてかけてねえってのに、そっちが勝手に割りこんできて――」

「わかった」とトディ。「チャンスはやったからな。俺が今夜部屋へ戻ったら――」

「待ってくれ！　そいつらを外に出してくれよ、シェイク！」

「ほう？」シェイクはナイフ使いの小男を疑いの目で眺めた。「何か悪さでもしてたのか、ドナルド？」

「出してくれって！」ドナルドはトディの腕のなかでもがきながら、苦しそうにあえいだ。

「こいつの言うとおりにしてくれよ、シェイク！」

「そうか……どれくらい遠くまで行かせればいいんだ、トディ？」

「どれくらい耳がいいかによるな」

シェイクはためらったあと、手をふった。「遠くまで行け。ビルの前にたまってるんじゃねえぞ」

ダックテイルの髪をテカらせ、古びた大理石に踵の金具を響かせながら、パチューコどもが消えた。トディは外のドアが閉じるのを耳で確かめてから、ドナルドをつきとばして解放してやった。

「よし。脱げ」

「なんだってんだよ。言ったじゃねえか、俺は――」

「服を脱ぐんだ、ドナルド」椅子に沈むシェイクの豚のような目が好奇心で輝いた。

ドナルドは嫌々服を脱ぎ、素っ裸でふたりの前に立った。

「汚ねえ体をしてるな、おまえは、ドナルド」シェイクが咎めるように舌打ちする。「どこかに捨ててくるチャンスがあったと思うか、トディ？　どこかに放り投げるなんて、できたのか？」

「いや」とトディは認めた。「そいつはムリだな」

「どれくらいのナイフだった？　……ドナルド、ちょっとケツをつきだして――」

トディは思わず吹きだし、ドナルドは下品な言葉でわめきちらした。

「もういい！」シェイクが言う。「風邪ひく前に服を着ろ。それからトディ、なんでおまえは……」

トディはゆっくりうなずいた。「つまり、こういうことだ」と始める。「ドナルドが今夜また、ミカジメの件で俺をつついてきたんだよ。だからちょいと言い聞かせてやった。忘れないようにな。それから――」

「だがそりゃあただのビジネスだろ、トディ！　男が野心を持って、手を広げようとしてるからって――」

「なんにでも手を出す阿呆だ、ってことにはなるよな。まったく――」話が通じず、トディはうんざりしたような表情で首をふった。「金の買付人を脅すなんて、なんのつもりだ！　おまえらみたいなチンケなやつらがだぞ。搾りとるなら、どうしてミッキー・コーエンみたいな大物から搾りとらない？」

シェイクはバツの悪そうな顔をした。「まあ、そのな」と低い声で言う。「確かにあんまりスマートなやりかたじゃなかったかもしれんが、でも――」

「スマートだって？」ドナルドがかみついた。「このクソッタレのせいで俺の鼻がどうなったか見てくれよ！」

「ドナルドと出くわしたのはミルトの店へ行く途中だった。で、店へ行ってチェックインを終えて、それから部屋へ戻った。外に出てたのはせいぜい三十分とか三十五分くらいだっただろうよ。なかに入ると部屋が荒らされてて、非常階段をおりようとしてるドナルドが見えたってわけさ。そしてカミさんがベッドで……首を絞められてた。自分のストッキングでな」

「く、く、首を絞められてた？　……つまり、こ、こ、こいつが……」

「俺はやってねえって！」ドナルドが怯えた声で怒鳴った。「ちきしょう、シェイク、なんで俺がそんなことやんなきゃいけねえんだよ」

「じ、じゃあ、なんでトディの部屋にいた？」

「俺は、その、俺は――」

「言え！」

ドナルドは油断なくトディをにらみつけながら、部屋の隅へあとずさった。「お、俺はただ、あそこで待ってようと思ったんだ。不意をついてやろう、みてえな感じでさ」

「で？」

「で——戻ってきたらナイフでちょいと痛い思いをさせてやろうと思ったんだよ」

シェイクは安堵して首をふった。「わかったろ、トディ？　ドナルドは殺しちゃいねえ。こいつはそんな野郎じゃねえんだ。おまえにちょいと痛い思いをさせようとしただけでな」

「だろうな。で、イレインがいたことにキモを冷やして始末したってわけだ」

「そんなの、デタラメだ！」とドナルド。

「おまえならわかるはずだろ、トディ」シェイクが言った。「そんなふうに考える青二才じゃねえはずだ。まず第一に、こいつは殺し屋じゃねえ。第二に、こいつはナイフ使いだ。ナイフを持ってるのに、どうしてストッキングなんか使おうとする？　そんなの、こいつの——こいつの——」

手口じゃない、ってことか。トディは心のなかで補った。そのとおりだ。犯罪者はほとんど手口を変えない。もし変えたら、警察は大変なことになるだろう。それでも、ドナルドには機会があった。殺人現場でつかまったのはこいつだ。

「おまえ、俺なら——どんなことをしても死なねえとでも思ってんのか？」ドナルドは心から憤慨した様子だった。「俺を変態だと思ってんのかよ？　ブラック・ダリアを殺したのは俺だってのか？」

「おまえは優しくていい子だよ」とトディはやりかえした。「問題はな、誰もおまえを理解してないってことさ。たとえばこの俺もそうだ。部屋に入ってもだいじょうぶだって、なんでわかった？　俺のカミさんがもう……生きちゃいないってことが、どうやってわかったんだ？」

「ドアの下からのぞいたら、なかは暗かった。ノックしても返事がないから、入ったんだよ」

「ドアに鍵はかかってなかったのか？」

「ホントだって」

「おまえが俺の前から消えて、どれくらいたってた？」

「ええと……十五分とか、二十分かな」

「勇気をふりしぼるには充分な時間じゃないか、え？　俺が入っていったときまで、どれくらいあそこにいた？　十分以上じゃないはずだよな」

「そのとおりだよ」ドナルドは不機嫌そうに眉をひそめた。「あのな、尋問のマネごとはいいかげんやめて、こっちの話を聞いてくれよ」

「オーケイ。正直に言え」

「ドアをノックしたんだ」とドナルドは言った。「ノックして、ちょっと待った。誰かが動きまわってる音が聞こえた気がした――ガサガサやってるような音がさ――よっぽどそのまま帰ろうかと思ったんだけど、最初聞こえただけでそのあと静かになったんで、ブラインドが窓にあたる音かなんかだと思ったんだよ。だから少しだけドアをあけて、なかへ忍びこんで……」

「続けろ」

「それで」――ドナルドは顔の汗をぬぐった。「戸口に立って、壁のほうを向いてへばりついたままじっとしてたら……そうしたら……わかんねえけどさ。ただなんとなく、首のうしろあたりを誰かに見られてるようなイヤな感じがしはじめたんだ。まあ、あの部屋なんだから、わかるだろ？　ドアのとこからじゃ奥まで見通せねえ。バスルームの先まで行かねえと、ベッドも何もほとんど見えねえんだからな。おまけに明かりは消えてたし……」

「わかってる」トディはいらだたしげに言った。

「で、イヤな感じがしたもんだから……だから、床が高くなるギリギリのところまで、こっそり壁伝いに行った。ベッドがすぐ目の前にあって、部屋の暗さにも慣れてきたんで、見えたんだよ。なんとなくだけどさ。誰かがベッドにいるのが見えたんだ。俺——俺——ああもう！　なんにも考えられなくなっちまってよ。考えられたのは煙草に火をつけることだけで——それだって、考えてやったことじゃねえ。考えなしにやったんだ。で、マッチの火が燃えあがったら、全部見えた。何が起きたかわかった。そんとき、あんたがドアのとこまで来るのが聞こえて。だからあわてて非常階段から逃げようとして、そしたら——」

トディはぼんやりうなずいた。ドナルドはシロだ。最初からそれはほぼ確信していた。だがあの状況では、こいつをつかまえておくしかなかった。

ドナルドはテーブルに近づくと大ぶりなグラスにシェリーを注ぎ、一気に飲みほした。

シェイクは顎をなでながら、おもしろそうにトディを眺めていた。

「嫁さんを殺したのがドナルドだって、そんなに確信があるなら」とシェイクが言った。「なんでサツを呼ばなかった？　警官ってのはそのためにいるんだろ？　犯人を逮捕するためにさ」

「そういうことだったのか」とトディは言った。「なんのためにいるんだろうと思ってたよ」

「俺の考えを教えてやろうか？」

「ああ」

「おまえが自分でやったんだよ。部屋を出る前にバラしたか、それとも――」

「――非常階段をのぼって、殺して、それから走って下へおりて正面から戻ってきた、ってわけか」明るく皮肉たっぷりにやりかえしたつもりだったが、胸のあたりに重くわだかまるものがあった。何かがそこでうごめき、心のなかの隠れた奥底へもぐりこもうとあがいていた。「そうだな。サツはそう考えるだろう。何日か痛めつけられたら、俺だってそうゲロっちまうかもな」

シェイクは同情などかけらも見せずに首をふった。「この街じゃ、ひどいことにホースをふりまわすって話だからな。あれが腎臓のあたりにあたったら、シャレになんねえぜ。俺んとこで働いてたパチューコがいたんだが――おい、ドナルド、ペドロを覚えてるだろ? サツにパクられたあと、あいつがどうなったかをさ。蹄鉄みてえに二つ折りになっちまってよ。首枷をはずしてもらわなきゃ、ションベンもできなかったんだぜ」

「ひでえな」トディは言った。

「俺とドナルドには、やらなきゃいけねえことがあるんだ、トディ。ただ問題は、そいつをやるのにどれくらい時間をかけるか、ってことでな。もし俺たちがすげえ忙しくて――たとえば、カネを数えたりしなきゃいけなくて――」

「ほう?」

「ほう、だと?」

「よくもまあヌケヌケと」

「お生憎だな」シェイクは電話をにらんだ。「そりゃなんともお生憎様だ、なあ、ドナルド?」

「いや、まだお生憎とは言えないぜ」トディは言った。「そうだな、おまえんとこのパチューコどもが帰ってくるのに、あと何分かはかかるだろう。たいした時間じゃないが、おまえもドナルドも、たいして長くもないその時間が耐えられなくなる。きっと耐えられないと思うぜ、シェイク。それでもどうなるか知りたいっていうんだったら、もちろん……」

トディは両手を広げてふたりに笑顔を作ったが、その目は少しも笑っていなかった。シェイクが手の甲で口もとをぬぐった。

「じゃあ、死ぬまでそこに居座るってのか」シェイクが文句をつけた。

「よしわかった」トディは言った。「俺がここを出てったあと、おまえがその電話を使ったとしよう。俺はこの国にいる大物詐欺師をみんな知ってる。詐欺師の絆ってのは固くてな。保釈金なら最後はなんとかなる。そしたら必ずおまえに会いに戻ってくるぜ。おまえには楽しくないことになるだろうな、シェイク。心の底からご注進申しあげるが、きっと楽しくないと思うぜ」

トディはさらにふたりをにらみつけた。むきだしの白い歯と、冷たい灰色の瞳。だが突然、明るく朗らかに笑って緊張を解いた。

「こんな道化ごっこ、もうやめようぜ」と彼は言った。「俺がマトモだってことは、わかってるだろ。俺もおまえらがマトモだってわかってる。ちょっとばかり行き違いはあったが、俺たちはオトナだ。全部水に流せるさ……ビジネスだっていっしょにやれるしな」

ドナルドが細い背中を無意識に伸ばした。シェイクがぜいぜいと重い息を吐く。「それが良識ってもんだよな」とシェイクはのたまった。「すばらしい良識ってもんだ——で、どんなビジネスを考えてるんだ、トディ?」

「イレインは時計のために殺された。俺が時計を持ってたことを知ってるのはただひとり。犯人はそいつだよ。時計なんてとっくに処分してるだろう。アリバイもきっちり固めてあるはずだ。だから俺にはもう打つ手がない。あとは町から逃げだして……」

「その時計だが……もともとそいつの持ちもんだったのか?」

「いや」とトディは嘘をついた。「とある婆さんのもんだった。うまく言いくるめて巻きあげたんだが……あのな、シェイク、あんたとドナルドにあの女が持ってた宝の山を見せたかったよ。ブローチだとか、指輪だとか、ネックレスだとかな。たっぷり一万四千とか五千の価値はあった。俺に鉛とプラチナの違いがわかれば、だけどな！」

「なのに時計だけせしめてきたのか？」

「二千ドルの時計だぜ。それ以上欲を出したらどこかで噂になっちまう。もう一度巻きあげにいこうとは、もちろん思ってないしな」

「そりゃそうだ、うん」シェイクが同感だと言わんばかりに顎を上下させた。「どうして自分で時計を換金しなかったんだ、トディ？」

「ヤバすぎるからだよ。ミルトはあんな時計、さわりもしないだろう。だから金目の部分だけとりだして、細かくバラしちまおうと決めはしたんだが、まだそのヒマがなかった。持ってたのは三日だけだったからな」

「ふうむ」シェイクはそうもらしてから「わかったぜ！」と大声を出した。「なるほどな、トディ。やろうじゃねえか。俺たちにその婆さんの住所を教えてくれたら、おまえにも分け前をやるぜ」

トディはふたりに向かって微笑んだ。

「悪くねえ話だろ？」シェイクはきっぱりと言った。「そっちとこっちと半々でどうだ？　なあ、ドナルド？」

「会えてよかったよ」トディは立ちあがりながら言った。「メキシコから葉書でも出すからな」

「おい、ちょっと待て……！」

「五分待ってやろう」とトディ。「そのあいだに二百ドル出さねえなら、俺は出ていく」

「二百って！」

「二百だ——だが二百の百倍は稼げる話だぞ」トディの目がきらきらと輝いた。「ちょろい仕事だとは言わないさ。俺がこれまでかかわったなかでも、いちばん気難しくて強情なクソババアだからな。だがひとり暮らしだし、相談相手もいない。それに脚が片方、悪くてな。だから普通より気難し屋になっちまったんだろうが」

シェイクが唇をなめた。「脚が悪い？　おまけにひとり暮らしだと？」

「まあ」とトディはダメを押すように言った。「デカいペルシャ猫なら三、四匹いたな。もしかしたらそれで面倒なことになるかもしれん」

「俺がなんとかしようじゃねえか」ドナルドが凄味をきかせながら言った。「女もなんとかできるぜ。女と猫を怖いと思ったことはねえんでな」

トディはドナルドに賞賛の目を向けた。シェイクはまだためらっている。

「このネタがガセじゃねえ、ってどうしてわかる?」

「ちっとはそのアタマを使え」トディは言った。「イレインは殺された。はした金で殺しは起きない。辻褄は全部あってるはずだ。ドナルドにはわかってるじゃないか。あんたもドナルドに負けないくらい、キレる男なんだろ?」

「ああ、だがな——だが——」シェイクは次の言葉を探しあぐねていた。「だが二百なんてよ!」

「今のとこ二百だがな」とトディはちらりと時計を見ながら言った。「別の場所でパーティーに顔を出せば、きっと俺の取り分は——」

「二百だ!」シェイクはあわてて椅子から立ちあがった。「二百で決まりだ!」

……トディはバーの静かなブースに腰をおろし、スコッチ・アンド・ソーダをなめながら夕刊の個人広告を調べていた。これまでやってきたことだけでは、まだ満足できなかった。イレインがあれほど無残で冷酷な殺されかたをしたのだから、どんな復讐だって充分とは言えない。それでも、やれることはすべてやった。今はこれで我慢しておかなければならないだろう。

シェイクとドナルドには教えてやらなきゃならないことがある。これまでずっとそう思ってきた。今夜やつらが脅しをかけてきたせいで、その思いはなお強くなった。それでもあいつらには教訓をひとつあたえられた。それをカネに換えるまで長生きはできないかもしれないが。イレインを殺したアゴナシ野郎――シェイクとドナルドにとってはカモにしようとしている「婆さん」だ――にもやはりいい教訓になるだろう。きっと騒ぎが大きくなって、警察が呼ばれるにちがいない。復讐したのがトディであることだけでなく、復讐されたこと自体にアゴナシが気づかないのは業腹だが、完璧なことなんて何ひとつない。これで緊急の懸案がふたつ片づいた。逃亡資金もうまいこと稼げた。できることはすべてやった。これ以上やれるやつなんて、いやしない。

彼は札入れをとりだし、新聞で隠しながら中身を確かめた。全部で三――三百と二十七ドル。たいした額じゃない。このカネで車の類いまで買うハメになるなら、なおさらだ。それでも車は必要だろう。イレインの死体がいつ発見されるのかは知るよしもないが、見つかったとたん、バスターミナルも空港も駅も監視されることはわかっていた。もしかすると、捜査の手はもう迫っているかもしれない。危ない橋は渡れなかった。

ブースからすべりだし、バーカウンターの脇をすりぬけて歩道へ出た。

あたりはすっかり暗くなっていた。闇とスモッグのせいでネオンサインの明かりが凝縮され、まばゆく目を射る。それでも、見えた。見なければいけないものが見えた。しかしそんな事実は何ひとつ態度に出さないようにした。

トディはまっすぐ縁石まで歩いていった。すぐそこの大きな金網製のゴミ入れを見ているふりをして、なかへ新聞を落とし、黒の大型コンバーチブルにぼんやり視線を向ける。距離は十フィートもないだろう。コンバーチブルはエンジンをかけたまま路上停車していた。後部座席に人影はない。運転席にいるのはあの女。かたわらでドアに前肢をかけて背を丸めているのは、しゃべる犬。

トディは体が震えだそうとするのをかろうじておしとどめた。

そういえば、午後にはじっくり犬を観察できなかった。今あらためて眺めてみると、思ったような大きさではなかった。思ったよりデカかった。おまけに想像力のいたずらなどではなく、そいつは実際、口をきいた。

女がトディに手招きし、「来て」とやさしく呼んだ。すると犬が顎を揺すり、あくびでもするように口を開けて「きぃて」と言った。「きぃて、きぃて、きぃて……」

トディは女と犬とその背後を確かめた。さりげなくふりむき、バーに視線をやる。そこからは逃げられそうになかった。キッチンはあったが大わらわだったし、裏口はさらにその奥だ。通りを走って逃げようか？　どっちへ？　数軒の質屋。安売店。肉屋。店はすべて閉まっていた。

そっと発せられたスペイン語の指令が耳に届いた。そして、犬が跳びあがるときの、カチッという爪の音も。

9

トディは立ちどまり、ゴミ入れを底のほうからつかんでうしろむきに放り投げるという一連の動作をよどみなくやってのけた。運か狙いがよかったのだろう。驚いてキャンと鳴く声と、金網が地面にこすれてガチャガチャいう音が聞こえた。だがそのときすでにトディは遠くにいた。彼は角を曲がり、暗い雰囲気の横丁へ駆けこんだ。

そっちへ逃げてもウマくないのはわかっていたが、ウマい逃げ道などどこにもない。半分スラムのような地区へさしかかろうとしていた。ハエのたかる大衆食堂や板を打ちつけられたビル、安宿や安居酒屋がユニオン・ステーションの脇に並んでいた。こんなところじゃタクシーもとまってくれない。

だから走った。走ることの真の恐怖を感じたのはそれがはじめてだった――ゴールなく走ること。まっとうな世界からも自分の世界からも追われること。走る以外何もできず、それゆえに希望も際限もなく走ること。

通りの終わりへ来るころには、汗が滝のように流れおちていた。どんづまりまでたどりつくと、黒く巨大なものが見えた。頭をくるりとこちらに向ける影……。追いかけてきた犬がうしろから近づいている。女はブロックを回って行く手をふさぎつつあった。こうなるべくしてこうなった感じだ。今すぐ隠れる場所を見つけなければ。家の外でも中でもい い。やつらを撒け。走りつづけろ。

ひとけのないビリヤードバーの埃にまみれた窓が、ぽかんとこちらを見つめかえしていた。次は床屋。これも店内は暗い。次はストリップ小屋だった。

薄汚れた入口の前には、段ボールで作ったグラマーな女たちの切り抜きが立てられていた。目は紫、髪はピンク。ぴったりしたタイツとたわんだネットのブラジャー。切り抜きの男が下のほうから淫らな視線を送り、手を伸ばしている——パテで作った鼻をつけて、ぶかぶかのズボンをはき、つば広の帽子をかぶった男。赤と白のペンキで女たちの名前が書いてあった。ビンゴ・ブラニガン、シフォン・ラフルーア、ファンション・ローズ、コレット・カシータス。そしてチラシやビラ、段ボールの立て看のあちこちにこんな謳い文句。「伝説のビッグ・ガール・ショー『もうこんなことやめて』」。

「ハイ旦那、ビーッグ・ショーがもうすぐ始まりますよー」杖がドラムのようにがんがんディスプレイを叩いた。「ハーイ、そこの旦那ぁ」節をつけて叫んでいるのは、リネンのジャケットを着て胸をそらした骸骨メイクの男だった。「お入りくださぁい、どうぞー」

そいつはトディの十ドル札を受けとりながら咳きこんだ。だが平気な顔をしている。ずっと咳がとまらないからだ。あわてる必要もないくらい、常時咳きこんでいるのだろう。「どうぞ旦那」――そいつはトディがとまどっているあいだに一見客向けの指示をくりかえした。「レジで半券をね。はじめてだね。ドア閉めてね」

「裏口は?」

「難しいね」骸骨は咳きこんだ。「ステージの奥ね」

トディはとりあえず小屋のなかへ入った。後戻りするには遅すぎた。ロビーのハーフカーテンを抜け、長く急な斜面になっている通路を見おろす。

別に座りたかったわけではないが、店に空席はひとつもないようだった。満員だ。ごま塩や黒髪、赤らんだ禿頭などが二列ずつ、小屋のうしろのほうからオーケストラピットまでずっと並んでいる。ひとりだけピットに陣取ったピアノ弾きが、我流の『シュガー・ロール・ブルース』を大きな音で演奏していた。自作曲だったのかもしれない。ほかの誰も、こんな曲なんて弾きやしないだろう。

場内の悪臭のせいで、トディは鼻に皺をよせた。吐瀉物と汗と小便と特許「パフューム消毒剤」のいりまじった芳香。ストリップ小屋ならどこでも同じ消毒剤を使っている。奇妙な偶然だが、そいつを作っている「会社」は悪臭弾も生産していた。悪臭弾のにおいを消せる唯一の消臭剤ってわけだ。

うしろから危険な物音がしないかと耳をそばだてつつ、視線をステージにあわせたままゆっくり通路をおりていった。舞台にはコーラス「ガール」が三人――このショーの出演者はこれで全部なのだろう。体を前にかがめ、ご陽気なピアノのコードにあわせて、客席につきだした尻を物憂げなリズムでふったり、ぐいと突きだしたりしている。

トディが歩みを進めるなか、女たちは背筋を伸ばし、最後の挨拶がわりに尻をひくつかせて袖から退場した。次に出てきたのは、ぶかぶかのズボンをはいて赤いアンダーシャツを着た男だった。ガールズを大仰に讃えながら見送ったと思ったら、何かにつまづく――いや、つまづいたように見えた。つば広帽子が宙に飛んで一回転し、長く伸びたピエロ鼻にうまくひっかかった。

客席がわき、万雷の拍手がまきおこった。コメディアンは帽子を手にとって、そこに唾をはいた。ぶかぶかズボンのウェスト部分をひっぱって空間を作り、帽子の中身をなかへ落とすような仕草をする。

「街はきれいにしとかないとね」そいつは説明した。

さらなる笑い、拍手、足を踏みならす音。

「ミ、ミ、ミ」道化は得意げに言い、胸を叩いて咳きこんだ。「もし皆様方のお許しをいただければ、グッとくる古いラブソングをご披露したいと思います。心にしみるメロディ、タイトルは（一瞬タメがあって）『メンドリが割れた卵を産んだならニワトリゃおかしくなっちまうのか』」

笑い。ピアノのコード。

トディは脚を回してピットの手すりを乗りこえ、ステージにあがった。コメディアンはそれをまじまじと見てからトディの手をとり、やさしく握りしめた。

「何も言わないで。言わないでください。シアトルのアディソン・シムズさんでしょ?」

笑い、なし。客はあっけにとられている。コメディアンはこわばったドーランの下でこわばった笑みを作り、それからしかめっ面をした（「なんのつもりなんだ、馬鹿野郎」）。「おやおや、シムズさん」にやにやしながら言い、そこでひねりをきかせた。「そんなのダメよぉ！　これだけの人が見てるじゃないの」

大ウケ。この手の客にハマるジョークだった。しかめっ面が消えた。コメディアンは手を放すと両腕でトディにかじりついた。顔をトディの胸に埋め、客席に向かってはにかんだように問いかける。

「このヒト、ステキじゃなぁい?」

(「どうやったらここから出られる?」)

「おっきい男のヒトって、いいわよねぇ?」

(「ちきしょう、放せよ!」)

「お願いだから痛くしないでね、シムズさぁん」

観客の口笛や大笑いの向こうから、別の物音がした。小屋のうしろのほうにちらりと光がさし、ドアがあいたことがわかった。……誰かが遠くで罵り声をあげた。そして押し殺したような女の悲鳴。トディはなんとか腕をふりほどこうとしたが、コメディアンはさらにしっかりしがみついてきた。

「キスしてよぉ、この野蛮人! しっかり抱いて、そして――うぐぅ!」

ふりほどいた手が偶然コメディアンの腹にめりこんだ。相手の顔面を思いきり押しやる。コメディアンがうしろむきによろめき、よろめきながら腕をふりまわし、ピアノの上をすべっていって客席に転がり落ちた。

肩越しにちらりとふりかえると、客が椅子から立ちあがって我先に通路へ逃げようとしているのがわかった。それ以上見ていようとは思わなかった。舞台袖に走りこんで、アンダーシャツ姿の筋肉男の蹴りをかわし、おかえしに目のくらむような裏拳を顔へ叩きこんだ。コーラスガールのひとりがワインのボトルで殴りかかってきた。トディはふりあげられた腕をつかんで女を一回転させた。そいつは手足を広げたまま別の女に倒れかかった――ハサミを握ったブロンドの大女のほうへ。三人目の女はドーランの瓶を投げつけ、悲鳴をあげながらステージへ逃げた。

出口には鍵がかかっていた。錠を壊すには、脊髄に響くような蹴りが二発必要だった。彼は夜の闇にまろびでると、扉が開かないよう、いっぱいになったゴミバケツを立てかけた――長くはもたないな――そう思いながら再び走りだす。

路地を抜けて別の横丁に入った。最初の横丁よりさらに絶望的だった。明かりはひとつもない。ビルのいくつかは取り壊し中だ。それ以外の建物には板が打ちつけられている。少しだけ速度をゆるめて先を急いだ。息は荒く、不安の汗が次々と目に流れこんでくる。だが走り疲れてふと頭をめぐらせた彼は、目の前に戸口があることに気づいた。信じられない気持ちでまじまじとドアを見つめる。両開きのスイングドアだった。左右にガラス張りの小さな照明があって、そこから、灯っているのかどうかわからないくらいかすかな明かりがもれだしていた。彼はなかに入った。

見あげた先には、ぼんやりと階段が浮かびあがっていた。長い長い階段だった。二階部分には板が打ちつけられている。その階の踊り場だったはずの空間を除けば、階段はまっすぐ三階へ続いていた。

うれしいことに、スイングドアには閂用の金具がついていた。それだけでなく、閂まであった。頑丈そうな木材が壁に立てかけてある。トディは木材を手にとって金具に差し入れ、階段に足をかけた。体重を乗せると板がわずかにたわみ、頭上の暗がりのどこかでチン、とベルの鳴る音がした。

一瞬ためらったが、そのままのぼりつづけた。階段のてっぺんには男がひとり立っていた。頭をクルーカットにして口いっぱいにガムを頬張り、ズボンを脇の下までひきあげている。おまけに、先を切り落としたバットまで持っていた。男は体の横でくるくるバットをまわし、興味のなさそうな目でトディを眺めた。

「なんか用かい、旦那?」

「ええと――メイブルに会いたいんだがな」トディは言った。

「メイブルだってか?　ああ、いるよ。アグネスとベッキーもな」男はくすくす笑い、しばらくじっと様子をうかがってからいらだたしげに頭を動かした。「この階段で女どもに跳びかかられちゃ困るぜ、旦那。あいつらもそういうことだけはやんねえんだ。そういうのだけはな」

トディは踊り場へあがり、財布を出そうとした。すると男は手をふって拒絶した。「直接女に払ってくれ、旦那……じゃあ、そうだな……」

ドアはたぶん一ダースほどもあった。廊下の終わりまでずっと続いている。戸口にはハーフドア――サマードアともいうやつだ――がとりつけられていた。男がうなずいて、灯っている明かりを指さした。

「ルーシーがあいてるよ。まっすぐ行ったとこだぜ、旦那」

男はトディの肘を押してうながし、それから万力で締めあげるような力でつかんだ。「何をガタガタやってた?」

「ガタガタ?」トディは言った。

「わかってるだろ。下で閂をかけただろうが?」

「なんで俺がそんなことをする? ……待ってくれよ!」トディは言った。「入口のとこに酔っ払いがいてさ、追いはらわなきゃいけなかったんだよ。そいつが戻ってきたんだろうな」

男が悪態をついた。「酔っ払いかよ！　警察の野郎ども、なんにもしようとしねえ！」彼は渋面を作り、切り落としたバットをふりまわしながら階段をおりていった。トディは吹き抜けから家のなかへ入った。

廊下の手前にも奥にも窓はなかった。どの部屋が非常階段へ続いているのか、手がかりになるようなものもない。しかし、いくら売春宿だといっても、非常階段くらいついているはずだ。探すしかなかった。

さあ、ギズモ、とトディは思った。役に立ってくれ。

彼は一度ノックして、男が指さした部屋に入った。二重になったサマードアのひとつに後ろ手をひっかけ、にこやかに微笑みながらもういっぽうのドアを閉めて鍵をかける。

「やあ、ルーシー」彼は言った。「調子はどうだ？」

「あんたはどう、ハニー？」女はトディの顔を覚えているかのようにふるまった。「すごく久しぶりよね」

二十五歳にも見えたし、それより十は上にも見えた。ほんとうのところは、どれくらいこの商売を続けてきたかによるだろう。頭のてっぺんできれいにまとめた赤毛。シルクのストッキングと黒くてヒールの高いパンプス。黒いナイロンのブラ。身につけているのはそれだけだ。

女はベッドの端にちょこんと腰かけて、すねを剃っているところだった。

「ちょっと待っててもらってもいい？　途中でやめると、また最初からやんなきゃいけなくて面倒なのよ」

「手伝うよ」トディはとっさに言った。

女の手から剃刀を受けとって、やさしく仰向けにベッドに寝かせる。そして「悪いな、お姉ちゃん」と言い、何も持っていないほうの拳を女の顎の先にぶちあてた。

眼を閉じた女の腕から力がぬけた。トディは、マットレスから滑りおちそうになった足をつかみ、そっと床におろしてやった。

窓辺へ行って頭を低くし、ブラインドの下の隙間から外をのぞいた。この部屋じゃなかった。非常階段に続いているのは隣の部屋だ。もしかすると――いや、距離がありすぎる。階段だってぼんやり見えているだけだ。暗がりであそこまで跳ぼうとするなんて、自殺行為に等しい。

もう一度頭を下げて部屋の奥まで行き、置いてあった大きな屏風をどけてみた。手前に小さな衣装ダンスがあり、その向こうの低いドアを隠していた。それを目にしたトディは、ほとんど声をあげて笑いだしそうになった。タンスを使った隠し扉とは！　こんなカラクリなんて『ダーダネラ』の時代に廃れたと思っていたのに。いや、きっと廃れたのだろう。こいつだって、もう使われていないはずだ……とはいえ、今も向こう側につながっている可能性はある。

大昔からあるこのカラクリは、男性客に安心して服を脱がせ、タンスの上に置かせるようにしむけたものだった。……ほらね、ハニー。こうしておけば、誰も持っていけないでしょ？　ドアはこっち側に開くようになってるけど、タンスが邪魔になるじゃないの。自分で確かめてごらんなさいよ、ハニー……。

トディは一番上の引き出しをぬいてベッドに置いた。ぽっかりあいた空間に手を入れると、ドアノブが見つかった。こちらからでもドアは動かせるのか。それが問題だ。もし動かせなければ――。

ノブがゆっくり回った。カチリと小さな音がした。すると、タンスのてっぺんより少し上で固定されていたドアパネルが動き、上半分がトディのほうへ開いてきた。

向こう側で戸口をふさいでいるのは、真鍮のベッド枠だった。そこにいた男が、柵のあいだからぽかんとトディを見つめかえしてきた。若い男だったが、プラチナブロンドの濃い髭を生やしている。少なくとも、生やしているように思えた。するとそいつはうろたえて頭をあげた。トディは見た。男の体の下になった枕には、女の髪が広がっていた。

「な、なんだよ、いったい！」男が憤慨してあえいだ。「ここはどんな売春宿なんだ――」

トディはすばやく手を伸ばした。男の首根っこをつかまえてベッドの柵のあいだに押しつける。

男が唸った。枕の上でブロンドの髪を狂ったようにふりみだし、同時にくぐもった呻き声をあげる。トディはベッドを思い切り押した。ベッドが数インチ動き、向こう側の部屋に入った。

窓辺へ近づき、非常階段をおりはじめた。二歩、そして三歩と進んでいく。四歩目は空振りだった。手すりをつかんでいなければ、路地へ真っ逆さまだったはずだ。

トディは金属の手すりを抱えこんだまま、息をとめて後ずさりした……こういう事態も想定しておくべきだった。きっと何年も前から撤去命令が出ている建物なのだろう。だったら……彼は頭上を見あげた。何が待っているかわからないが、逃げ道は上にしかなかった。

階段をあがっていくと、あたりは大騒ぎになった。ドアがバタバタと閉じられ、女どもが悲鳴をあげ、男どもが罵った。家具をひっくりかえしたり、敵意を持って重いものをふりまわしたりする音がカミナリのように轟いた——そしてもちろん、魂も凍るほど恐ろしい唸り声。しゃべる犬の声だ。

窓のひとつから突然腕が伸びてきて、トディの足をつかんだ。あたりかまわず蹴りつけてやると、痛みに叫ぶ声が聞こえた。トディは残りの段を駆けあがった。

手すりを乗りこえ、レンガをひとつ手でとりはずした。下に放り落とすと、スチールの踊り場で粉々になる音がした。足で思いきり押すと、壁の一部がかたまりになって落ちていった。これでやつらが考えなおしてくれればいいのだが。

闇のなか、あたりに注意を払いながらゆっくりと屋上を横切る。これまで通った横丁はどちらも逃げ道としては使えない。つまり、平行に走っている大通りを試さなければならないということだ——当然だがこの屋上のどんづまりからスタートして、ストリップ小屋からできるだけ離れたところまで。

煙突にぶちあたって痛い思いをし、捨ててあったタール入れにつまずいた。立ちどまって痛んだつま先を伸ばし、目もとから汗をぬぐう。ネクタイをほどいてコートのポケットにつっこみ、コートを脱いで腕にかけた。

大通りが近づいてきた。無人のビルはほとんどないはずだ。そろそろ通風口だとか天窓が見つかる――うわっ！

足もとでガラスが砕けた。一瞬光が見えた。なんとか体をうしろに投げだそうとしたが、残念ながら遅きに失したのは明らかだった。トディは真っ逆さまに落ちていった。

ギュウンと金属が軋む音がして、彼の体を受けとめながら包みこんだ。そして抱きとめた瞬間、はねかえした。上に向かって。脇腹から落ちたおかげで怪我はなかったが、トディはすっかり動揺していた。そっと目をあけてみる。

床に倒れた彼のかたわらには、金属製の簡易ベッドがあった――見るかぎり、寝具としてはもう二度と使えないだろう。部屋のこちら側から向こう側まで、同じベッドが何列も並んでいる。部屋の隅には、まわりをついたてで囲まれているものの、すぐにそれとわかるシャワーとトイレの列。

ドヤだな、とトディは思った。だがそのとき、壁に書かれた無数の色文字が目に飛びこんできた――神は愛……イエス様がお救いくださる……主は我が牧者。彼は考えを修正した。ドヤはドヤでも宗教ドヤだ。ヘブライ人への手紙、十三章八節。イエスは昨日も今日も、いつまでも変わらない。

トディは立ちあがって、服についたガラスを払った。コートをとって部屋の向こう側まで行き、窓から外を見る。カビ臭い空気とほぼ完全なる光の欠如が、見えないものがなんであるかを教えてくれた。通風口だ。そうだとすると部屋の逆側にあるドアから逃げだすしかない。これまでの受難を考えれば、今度もたくさんの人間に邪魔されるはずだ。

うんざりしながら思いなやんでいると、どす黒い絶望から生まれた希望が脳裡に侵入してきて、彼をからかいはじめた。もしかしたら、イレインを殺したのはアゴナシじゃないかもしれないじゃないか。俺をつかまえようとしてるわけでもないのかも。時計がなくなったことにも気づいていないかも。ただ俺と――その――話がしたいだけなのかも。

ああ、ちくしょう。どうして自分に嘘をつく？　しかし、あながち見当はずれじゃないかもしれないだろう？　イレイン殺しは完璧なタイミングで実行された。犯人からすればかなりのリスクに目をつぶらなければならなかったはずだ。それほど無慈悲で計画的なやつは、犬を使って時間を浪費したりしない。マジで誰かを消したいと思っていないかぎりは。

アゴナシは時計をとりもどしたがっている。それはまちがいない。そして、おまえを殺す機会をうかがってるんだよ、トディ。とりもどしたら、すぐにでも殺るつもりなんだ。

やつは――待てよ！　アゴナシがイレインを殺したんだとしたら、すでに時計を手に入れてるんじゃないか？　殺した理由なんてそれ以外に――。

「これが正しいことですか、ブラザー」厳粛な声が聞こえた。「これが神の道を生きるやりかたですか？」

その男は善人のトレードマークである、あの押しつけがましい高揚感を身にまとっていた。善意の便秘状態から生まれた表情。善行や叡智を苦しくなるまで詰めこんだ人間の表情。とりすました殉教者の顔。断固として、悲しげで――世界が自分の真価に気づかないことを未来永劫恨みつづけ、死ねばどうせ土に還る人間が、誰のものであれ糞便にまみれることを嫌う事実を苦々しく思っている顔。分厚くてがっしりした体格。猪首で、頭のサイズは特大だ。

そいつはトディの腕をつかむと、足早にドアのほうへ行進しはじめた。「もうこういうことをしてはいけませんよ、ブラザー」男が警告した。「人間は物欲を満たさずにいられません、ええ。我々もその事実は理解しています。しかしその前に、神への義務を果たさねば」

トディは服従するような声を出した。この男は明らかに、自分の権威を疑われることに慣れていない。

ふたりで短い階段をおりた。その先に突然現れたのは、汗と小便のにおいがたちこめる小さな集会所だった。木の折りたたみ椅子がびっしり並び、この手の伝道集会ではおなじみの浮浪者がひしめきあっていた――志が低かったり怠惰だったり無能だったりして、ほかのやりかたでは餌も寝ぐらも探せないやつら。

男はトディを前列の椅子に押しこみ、威圧するようにねめつけると説教壇にあがった。

「いささか遅れてしまったこと、まずお詫びしておきます、兄弟たちよ」詫びるつもりなどまったくなさそうな口調で、男は言った。「みなさんのためにも、もう遅れが出ないよう願っておきます。心地よいベッドと栄養たっぷりの食事にありつく資格が、もともと皆さんにあるわけではありません。これらは神のお恵みであります――神の憐れみと美徳ゆえにあたえられたものなのです。そのつもりでふるまうことをお忘れなきよう……さあ、立ちあがって、『あめつちこぞりて』を歌いましょう」

男が演壇の女にうなずきかけると、女の指がアップライトピアノでコードを鳴らした。みんなが立ちあがって歌いはじめた。

トディのすぐうしろに剽軽者がいた。そいつはどうやら、聖歌のメロディは大好きなようだったが、歌詞はうろ覚えだったらしい。そこで『あめつちこぞりて』をアドリブで勝手に「雨降り小僧」の唄に変えて歌いだした。

次は『見よや十字架の』だった。剽軽者はそれを石ころ賛美に変え、解釈次第ではマットレスの詰めもの賛美にもとれる歌にした。

その聖歌が終わりに近づくころ、説教師は頭をかくんと傾けて勢いよく片手をつきだした。ピアニストが演奏をやめ、浮浪者たちが静寂に包まれる。

「お集まりのなかのどなたかが――」彼はじっとトディをにらみながら言った。「自分ではおもしろいと思っているようですがね。このまま態度をあらためず皆さんのご迷惑になることを続けるようでしたら、こちらとしても厳しい処置をとるしかありません。警告はしましたよ!」

トディは聖歌集に神経を集中した。重い沈黙がおりてきて、また別の歌が始まった――『主よ御許に近づかん』。

剽軽者も今回はおとなしくしていた。だが会場のうしろにいたやつが、コーンウィスキーでご機嫌だったのか、耳障りな声でがなりはじめた。歌いながら同時に熱々のお粥を呑みこもうとしているような声だ。

説教師がトディを見、それからつま先立ちになって会衆全体を眺めわたした。会衆はやめるのが怖くておどおどと歌い、いっぽう酔っ払い野郎はどんどん近づいてくるようだった。トディは聖歌集から目をあげてあたりを盗み見た。説教師は大きく口をあけていた。もう歌ってはいなかったが、つきだした手を無意識のうちに聖歌にあわせ、ひらひら動かしている。

するとついに、とんでもない声の持ち主がトディの視界に入った。そいつはトディのかたわらの床に腰をすえると、洋梨型の巨大な頭を彼の臀部に押しつけてきた。そうやって主従関係をはっきりさせてから説教壇のほうを向き、大いなる顎をあけられるだけあけて歌った。

「みぃいいむぉ――おおとぉお……」

高音がいちばんよく出ることを、自分でもよくわかっていたらしい。楽譜の上で必要とされる以上に、高い音を長く伸ばした。そいつにしてみれば、ふらつくピアノの導きも、怯えをにじませつつなんとか曲についていこうとする浮浪者どもも、どうでもいいようだった。

「みぃいいもおぉおおとぉおおにぃ」そいつは吠えた。「ちくぁああづぅくわあああん……」

説教師が大きな音を立てて聖歌集を床に放り投げた。怒りで顔を紫色に染め、震える指をトディにつきつける。

「その動物を外に出しなさい！　そいつをすぐ外に！」

「俺のじゃないんですが」トディは言った。

「嘘をつくんじゃない！　今夜こっそり連れてきたんでしょう！　だから二階でこそこそやってたんだ！　絶対あなたの犬です！　そんなこと、誰にだってわかる。さあ、犬を外へ！」

トディはあきらめた。あきらめざるを得なかった。このままだとじきに通報されてしまう。背中を向けてドアを目指した。犬が一瞬ためらいを見せた。歌いたいという欲望としつけとのあいだで引き裂かれていたのだろう。だが、「俺が楽しもうとするといつもこうだ」とでも言いたげなスネた表情を見せて、トディのあとを追ってきた。

トディは歩道に出て足をとめ、コートを羽織った。犬が鼻先で無遠慮に尻のあたりを押してくる。縁石まで歩いていくと、コンバーチブルの前のドアが大きく開いた。

車に乗りこんだ。犬が後部座席に跳び乗るドスンという音が聞こえた。うんざりしながらシートに背中をあずける。

「いったいなんのマネだ?」トディは強い口調で尋ねた。「俺をどうしようってんだよ?」

「すぐにわかるわ」女はそう言った。そしてそれ以上、何も言わなかった。

10

イレイン・アイヴズに出会って結婚するまで、トディの世界は一見複雑な様相を呈していたものの、ほんとうのところ実に単純明快だった。すべての行動を誘発したのは明確にして実際的な動機だった。たまに調子の波が下向きになったとしても、それは自分でなんとかできた。特定の状況において心から頼れるのは、特定の作用と反作用だ。ポケットの小銭をめぐって殺される人間だっているだろう。だがその小銭を惜しまずさしだせば、誰も怪我などせずにすむ。

だから結婚式の夜トディは、床から体を起こして痛む頭をゆっくりマッサージしながら、自分の身にふりかかったことが受けいれられずにいた。何が起きたのか把握できなかった。

イレインは演技をし、俺を騙していた。だが明らかに、こいつはちょいとばかり、やりすぎだ。本気で言ったりやったりしたわけじゃないだろう。そんなわけがない！

「おいおい、ハニー」トディは困ったような笑みを浮かべて言った。「こういう荒っぽいことはやめようぜ、な？　どんなウィスキーがいいんだ？」

「ごめんなさい、ト、トディ。あたし――」彼女は喉を詰まらせ、目に涙をためた。

「忘れちまえ」彼は言った。「自分でも手に負えないくらい興奮しちまっただけなんだから。俺だって考えるべきだったんだ。あれだけツラいことがあったおまえに、酒までねだらせるなんてさ」

その日の出来事はそうやって終わった。それから数か月のあいだに起きた多くの出来事も、同じような形で終わった。折れたのはいつもトディのほうだった。そして、トディが折れるたびに彼女の魅力は薄まっていった。愛情の仮面に暗い影がさすようになった。だが魅力なんてものがどうした？　彼女自身感じることのできないものがそこにあるふりをしたって、いったいなんになる？　イレインにしてみれば単に騒ぎを起こすほうが楽だし、好みにあっているだけだ。

それでもトディには理解できなかった。理解しようとも思わなかった。イレインは俺と結婚してくれた。愛していなければどうして結婚なんてする？　人をバカにしたようなあいつの説明なんて、受けいれられない――あんたみたいな阿呆だって、仕事より結婚のほうがいいと思うでしょ？　そんなの、本気で言ったとは思えなかった。彼女を一度も傷つけたことがなく、どんなことをしてでも助けたいと考えている俺に対する言葉だとは思えない。そんな物言いをすること自体、ひどく病んでいる証拠だ。だからトディは彼女をふたりの精神科医のところへ連れていった。

最初の医者はウィルシャー・ブールヴァードの持ちビルに診察室を構えていて、料金は面談三十分で五十ドルだった。トディに百五十払わせたあと、ようやくそいつは、これ以上カネを使うな、とそっけないアドバイスをした。

「あなたの奥さんはアル中ではありませんよ、ミスター・ケント」その医者は言った。「依存症の人たちのあいだでは、奥さんのような人は、身もフタもない言いかたですが『ドブ酒飲み』として知られています。ドブみたいに酒を呑みこむどうしようもない人間。もしやめたいと思えば、奥さんはいつだって酒をやめられるはずなんです。だがそうしたいとは思っていない。ワガママすぎるんですよ。ある意味、あなたは幸運かもしれません。奥さんの趣味が殺人だったかもしれませんから。もしそうだったら、お酒と同じくらいどこまでも殺人に執着していたはずです」

ふたりめの精神科医の意見も、おおまかなところではひとりめと一致していたが、結論に達するまでさらに時間をかけた。イレインよりトディと長く話をし、面談が終わってからもたいてい一時間ほど彼をひきとめた。トディはそれでもかまわなかった。その医者がどこから見ても率直な男であり、話相手として楽しかったからだ。

「トディ」最後の面談がおこなわれた午後、医者は静かに切りだした。「いったいなぜ、あの女性にこだわってるんです？　前にも言いましたが、いいところなんてひとつもない。あなただって、それが真実だとわかってるはずです。終わりかたのひとつしかない関係を、なぜ続けるんですか？」

「いいところがひとつもない、ってのはどうかな」トディは応じた。「わかってるのは、あいつには助けが必要だってことでね。俺だけが――」

「あの女性に助けは必要ありません。助けがありすぎるくらいですよ。これまでだって、彼女はあなたなしでやってきた。だったらこれから先も、あなたなしでやっていけるはずでしょう。この世界にいるイレインたちは、特別な生存本能を持ってますからね」

「じゃあ、こういうふうに言えばいいかな」トディは言った。「とにもかくにも、俺はあいつと結婚した。だから俺からは身をひかない――そして、うん、あいつにもひかせない――俺の思うようにコトが進まないからといってね」

精神科医は深刻な顔をしてうなずいた。「核心に近づいてきましたね」と彼は言った。「あなたが別れない理由がようやく見えてきました。それを検証して、正しいかどうか考えてみましょう。あなたの両親は離婚して、お母さんは再婚しましたね。それ以来、家から逃げだすまでずっと、あなたの人生は地獄だった。そんな経験をしたせいで、離婚に対する根強い嫌悪感が生まれたんです。両親がやったことは絶対にくりかえさないと心に決めてるんですよ。よろしい。その気持ちはわかります。ですが——」彼はパイプの吸い口でトディをさした。「今のこの状況でそんな気持ちにしがみつくのは愚かです。あなたが結婚した相手は、実質的に言って異常者だ。子供もいない。いいかげん、過去に生きるのはやめなさい。あなたが知性的な人間であることはわかってます。その知性を使うんです」

「俺は——」トディは首をふった。「先生、どういう意味なんだ？　さっき言ったよな？

イレインと俺の結婚に終わりかたはひとつしかない、って」

「答えるのはやめておきましょう。自分で理解したほうが肝に銘じやすいでしょうから」

「どうやって理解しろっていうんだ？」

「じゃあ、あなたが家から逃げだしたところから始めましょうか。あなたが家出した理由は、私の記憶によれば、納屋の垂木が折れて義理のお父さんにあたったからだってことでしたね？　その責任を問われるかもしれないから、逃げだした、と」

「だから？」トディは尋ねた。

「事故だったんですよね？」精神科医は言った。「なのにあなたはサンドイッチを包んでランチの用意をしていた。夜、街を出発する貨物列車にもきちんと間に合った……それって、トディ、私が耳にしたなかじゃ、最高にタイミングのいい事故ですよ」

トディは唖然としていたが、しばらくするとにやりと笑った。

「それからのことも然りです」精神科医はためいきをついた。「あなたは人あたりのいい方だ。よほど苦しまないかぎり行動も起こさない。もし義理のお父さんが真剣にあなたのことを考えていたら、と思いますよ。そのときの郡検事も、リノのカジノの経営者も、フォートワースの刑事もね……だが大切なのはそんなことじゃないんだ。そんな話をしてるんじゃありません」

「なんの話だ?」

「わかってるでしょう、トディ。あなたは、自分のやったことを自分自身で認められずにいるんですよ。ほんとうのあなたは、いわゆるマジメ人間です。穏やかな人なんです。多くを求めず、他人のこともほうっておくから自分のこともほうっておいてほしい。それがあなたの基本的なパターンだ――なのに人生はそんなパターンをたどることを許してくれなかった。次から次へといろんな目にあわされたあなたは、強い正義感のせいで、自分ではやりたくもない行動へと駆りたてられていった……。

イレインとは別れなさい、トディ。別れて、二度と会わないほうがいい。でないと彼女を殺してしまうことになりますよ」

11

アゴナシ野郎は手をもみあわせながら軽く笑った。「こちらからの提案をいささか急ぎすぎましたかね。こんなこと、予期してなかったでしょう? お詫びしますよ、結局あなたがここに戻ってこなければならなくなった顚末に関してはね。でも必要だと思ったんです。あなたと大事な話がしたかったんだが、電話をくれと伝えただけでは返事をもらえそうになかったのでね……」

きっとトディが礼儀正しく否定すると考えていたのだろう。やつは顔を輝かせながらじっと待っていた。だがトディは否定しなかった。少なくとも今はしゃべることも動くこともできなかった。

「おわかりでしょうが」とアゴナシは続けた。「あなたに危害をくわえるつもりはありません。むしろその逆です。この会合にいたるまでの段取りには残念な部分があったかもしれませんが、そちらの利益になる話をしようと思ってるんですよ——もちろん私の利益にもなりますがね。信じていただきたいですな、ミスター・ケント。あなたには親しみ以外の何も感じてはいないんですから」

アゴナシはそこでまた口をつぐんだ。きらきら光る黒い瞳でじっとトディの目を見つめている。

「ほう……」トディは言い、軽くうなずくようにぼんやり頭を動かした。

「よろしい!」やつは即座に言った。「では詳しい話をしましょう。細かいところを、順序立ててね。まず、私の名前はアルバラード。その名で通ってます。あなたはもちろん、トッドもしくはトディ・ケント……T・ジェイムソン・ケント、トッドモア・ケント、ケント・トッド、そのほかにもいろんな通り名をお持ちだ。もうおわかりのように、あなたが今日の午後ここにいらしたあと、勝手に経歴を調べさせてもらいました。なかなか興味深いもんでしたよ。二度目のご来訪を願ったのは、ほぼそのせいでもあるんです」

「なる——」トディは言いよどんだ。「なるほどな」

「お気づきだとは思いますが」アルバラードは前屈みになりながら勢いこんで続けた。「法律の枠からはみだす仕事で成功するには、そのための資質を持っていることが大切です。だがそういうタイプの人間がなかなか集まらないのがこの道だ。よくあるバカな法律など軽んじる気持ちも大事でしょう。だがそれは——とりたてて言う必要もないほどありふれた資質です。それ以外にもいろんなことが要求される。あなたのような男は実に貴重なんですよ。お世辞を言うつもりはありませんがね、ミスター・ケント、過去のあなたの逸話にはまさに天才を思わせるものがいくつもあります」

トディは再びうなずいた。張りつめた神経が少しゆるんだ。

「ウチの犬がいささか迷惑をかけたようですな、ミスター・ケント？　ご心配なく。あれは作業犬でして——人を攻撃するような犬じゃない。そういう命令がなければ、ですがね」

「ちょっと不思議なんだが」トディは言った。「どうやって俺のことをこんなに詳しく、こんなに短時間で調べあげた？」

「この上なく簡単なことでした。あなたの人相風体を、当然ですがそれなりの金額とともに腕の立つ私立探偵に渡して、市の営業許可局にちょっとばかり確認してね。それから、目立たないようにあちこちへ長距離電話をかけて……ところでミスター・ケント」——アルバラードはくすくす笑った——「私があなただったら、シカゴには近づかないようにしますな」

「そんなつもりはないさ」トディは言った。「じゃあ、そっちの提案ってやつだが——話は聞かないほうがよさそうだ。受けられるとは思わない」

「しかし……よくわかりませんが」

「警察は俺を捜してる。でなくても、すぐに捜しはじめるだろう。今夜カミさんが殺されたんだよ――ホテルの俺たちの部屋で首を絞められてな」

「殺された?」アルバラードは顔をしかめた。「あなたの部屋で首を絞められた? 何時のことでしたか、ミスター・ケント?」

「夕方だ。六時半から七時のあいだ。だいたいな」トディはむりやり笑みを浮かべた。「正直言うと、あんたがやったと思ってたんだが」

「私が? どうしてそう思ったんです?」

「誰であれ、犯人は時計を盗んでいった。あんたの時計だし、俺がそいつを持ってたのを知ってたのはあんただけだ。あんたがやったと考えて当然だろう」

アルバラードは黙りこくったままトディを見つめかえした。魚のように生っちろい顔に刻まれた渋面が険しくなる。すると彼は目に不可解な輝きをたたえ、いかにも楽しげに笑った。

「誰かが時計を持っていったっていうんですか、え? 実におもしろい。ハ、ハ。あなたは楽しい人ですな、ミスター・ケント。私もだが、あなたにもユーモアのセンスがある。それがわかって、うれしいですよ!」

「だが——ちょっと待ってくれ!」トディは抗議した。「俺は——」

「わかってます。ハ、ハ。よくわかってますよ。だが少なくとも現在のところは、ビジネスの話を進めたほうがよくないですかね」

「しかしあんたは——」

「説明しようとしてたんですが」アルバラードはきっぱりと言った。「あなたのことを調査させたもともとの動機は、予防策を講じるためでした。あなたが時計を警察へ持ちこむような人間なのかどうか、それが知りたかったんです——そんなことになれば、その筋にも話がもれるでしょうしね。幸いにも、あなたはそういう人じゃなかった。むしろ、いろんな事情があって警察との接触を避けたがっている人間だった。そうですよね、ちがいますか?」

「ああ、だが——」トディはそこであきらめた。どうしてアルバラードがそんなに殺人事件をおもしろがれるのか、理由がわからなかった。だが、おもしろいのならしかたがない。今のところこっちは、アゴナシ野郎に質問できる立場にはない。この段階では質問される側だ。

「そうだな」とトディは言った。「そのとおりだ。警察には行けない」

「調査のとおりだ」アルバラードがうなずく。「で、あなたを調査した上でお招きしたんです。ここ最近のことなんですが、ミスター・ケント、ウチの組織で人事異動が強く提案されてましてーー異動といってもひとりだけですがね。正直言えば、提案したのは私なんですよ。しかし替わりの人員が見つからないせいで、提案が結果につながらなくてね。でも、あなただったら待望の補充員にふさわしいと思うんです」

「あんたが異動を提案した?」トディは尋ねた。

「ええ。ウチの上層部はこの国におりませんが、こういうことに関しては相談の必要があってね。でも、限界はあるでしょうが、私の意向が通ると思ってます」

「どうだろうな」トディはさりげなく言った。「国境の向こうに金を運んでも、大きな儲けになるとは思えない。個人営業の場合はな」

「そういうことを考えてるわけじゃありません」

「ほう。俺が金細工の職人じゃないことはわかってるよな」

「わかってます」

「そうか」トディは言った。「今、あんたんとこに金を供給してるのは誰だ?」

「お願いしますよ、ミスター・ケント」アルバラードが笑った。「とはいえ、あなたの好奇心を責めるつもりはありません。なんとしても知りたい事柄でしょうからね」

「俺をその役にあてようってことなんだな？」

アルバラードは肩をすくめた。「報酬はたっぷり出ますよ、ミスター・ケント。この手のチャンスには賭けてみないと。これまでの経歴を考えても、あなたなら引き受けてくれるとにらんでるんですがね」

「程度にもよるさ」トディは予防線をはった。「わからないことがひとつある。こんな仕事を続けられるだけのスクラップゴールドをどうやって集めるつもりだ？」

「それも秘密でしてね。必要なときが来たらきっとわかるでしょう」

「俺は――」トディは困惑したように両手を広げた。「こんな議論をしててもラチがあかないな、ミスター・アルバラード。いい話だとは思うぜ――いつもの俺だったら飛びついただろう――だが今はムリだ」

「ノー？」

「ノーだ！　カミさんが殺されたばっかりなんだぞ！　当然、容疑がかけられるのはこの俺だ。どこにも顔は出せない。それができたら、この手で犯人をつきとめてやるんだが」

アルバラードは再び笑みを浮かべつつあった。「なるほどね。奥さんと……時計ですか。

では、そろそろその時計を渡してくれたらどうです、ミスター・ケント?」

「いいかげんにしろ!」トディはかみついた。「たった今、全部説明しただろ。時計は——」

「持っていたいでしょうね、もちろん」アルバラードが、よくわかるとでも言いたげにうなずく。「そう思わないとしたら、そりゃ大バカ者だ。あなたを責めるつもりは少しもありませんがね。でもそりゃムリな相談ってもんです」

「だが俺は——」

「あなたの反応は典型的パターン、ってやつですね。テンプレート。大切なことだ。そういうものがないと、ここでの我々の仕事も深刻な遅れを見せてしまいますからね。ということで」——アルバラードの瞳が炎と燃えあがった——「時計を、ミスター・ケント」

トディは立ちあがり、注意しながら腕を横につきだした。犬もつられて腰をあげ、どうすればいいのかと確かめるような目でアゴナシ野郎を見た。

「だったら身体検査でもしろよ」トディはしわがれ声で言った。「持ってないものは渡せないぜ」

「身体検査をしろと言ってるくらいだから、ここにはないんでしょう。どこにあるのか、今すぐ教えてもらえませんか」

「言っただろ！　知らないんだ――盗まれたんだよ！」アルバラードが立ちあがったのを見て、トディは一歩あとずさった。「おいおい、俺がわざわざこんな与太をトバすと思ってるのか？　こっちはあんたが殺したと思ってたんだぞ。だからあの女から逃げようとして――」

「あんたが思ったのは、ミスター・ケント、私が阿呆だってことですよ。残念なことに今でもそう思ってるかもしれない……時計を処理するために、あの高利貸しのところへ行ったんですか――あのチンケなヤクザのところへ？　それとも、あんたが金を売ってる店で処理したのか。答えには気をつけたほうがいい！　正直に話してるかどうかくらい、すぐにわかるんだ」

「正直に話したじゃないか」トディはあっさりと言った。「ほかに言うことなんてないぜ」

アルバラードの手がコートの内ポケットにもぐりこみ、短銃身のオートマチックをとりだした。銃口がまっすぐトディの土手っ腹を狙っている。

「こんなことをしなきゃいけないなんて、恥ずかしいことだし」と彼はためいきをついた。

「とてつもなく腹立たしいことです。奥さんが殺されたなんて告白をする前に、確かめておくべきでしたね。そうでない証明なんて、私にはできないことを」

「証明?」

「さあ、いっしょにホテルへ行って時計を出してもらいましょうか。どこへ隠したのか知りませんが」

「ご免こうむるぜ!」トディは首をふった。

「頼みますよ、ミスター・ケント」アルバラードは顔を歪めた。「理不尽なことを言ってるのは、自分でもわかってるはずだ」

「俺にわかってるのは、警官だらけの部屋に戻るつもりなんてないってことさ」トディはぴしゃりと言った。「そういう紙鉄砲を何挺もつきつけられるんじゃ、なおさらだ」

しゃべる犬がクーンと小さな鳴き声をあげて目をあげ、緊張感を漂わせているふたりから遠ざかっていった。ほんのわずかだったが、アゴナシ野郎の目が泳いだ。やつは一歩二歩と後退してすっかり絨毯の外に出ると、足で床をどんと踏みならした。

ドアが開き、カチリと音を立てて閉じられた。はっと息を呑む音が聞こえたかと思うと、女があわてて入ってきた。

「アルバラード! 約束したでしょ――」

「うるさい!」鞭のように鋭い言葉だった。「約束はまだ破っちゃいない。破らないほうがいいと思ってるくらいだ。教えてくれ……今夜どこからミスター・ケントを尾行した？」

「どうして？　私――私――」女はトディを見た。「この人が言わなかった？」

「答えるんだ！　今すぐ、正直に、細かいところまで全部！」

「この人を見つけたのは――前に言ったもうひとりの男がいっしょだったんだけど――ホテルから三ブロックほど離れた場所だった。ふたりでスプリング・ストリートを南に向かってたわ。説明したとおり、私は何ブロックも迂回しながらあちこち車を走らせなきゃいけなくて、それで――」

　アルバラードがすばやく手を横に動かした。銃身が女の胸の前をよぎって、また戻ってきた。

「ドアのところで立ち聞きしてたな？　ミスター・ケントをこの厳しい状況から救おうとしてたんだろう？　だが、こんなハメになったのはこいつがバカだったせいだ。おまえにもう一度チャンスをやる。ミスター・ケントの住所はわかっていたというのに、何ブロックも離れたところでしかつかまえられなかったのはどうしてだ？」

「それは……この人が逃げたから」

「ほう？」

「私は……さっき言ったとおりよ。最初に見つけたときはホテルを出るところだった。六時くらいだったかしら。そこから時計屋までつけていって、またホテルに戻った。急いで駐車スペースを見つけようと思ってつい赤信号を無視したら、警官に見つかったの。そいつ、いっこうにお説教をやめようとしないどころか、いつかまた会おうぜ、なんて言いだして……」

クリーム色の肌の奥がほんのり赤く染まっていき、彼女はしばらくのあいだ目を伏せた。「逃げだすのにどれくらいかかったのか、正確にはわからない。二十分くらいかしら。車をとめてミスター・ケントの部屋へあがっていくまでに、全部で三十分くらいロスして……」

「続けろ。ドアをノックして、ノブに手をかけたら鍵はかかっていなかった。ほらな？　つまらん話をくりかえさなくてもいいようにしてやったぞ」

「なかに入ったの。ミスター・ケントはいなくて……」

「だが部屋のなかはめちゃくちゃだった。そうだな？　そんな様子を目にして、おまえはすっかり動顚した」

女が首をふった。

「ちがう」彼女は物憂げに言った。「めちゃくちゃじゃなかった。部屋はきちんと片づいてたわ」

「ちょっと待ってくれ!」トッドは声をあげた。「俺が出てったとき、あそこは——」

「静かに、ミスター・ケント。しゃべる機会はあとでたっぷりある。私が手伝ってやってもいい」アルバラードは残忍な笑みを浮かべてから、女に向かってうなずいた。「部屋はそれなりに片づいていた。そう言ったな、ドロレス? だが、すごく大事なアイテムをひとつ見逃してるだろう? そのたった数分前——こちらさんの言うことに従えばだが——部屋にはミスター・ケントの奥さんの死体があったはずだ。無残に殺害された姿で。自分のストッキングで首を絞められて。息の根をとめられて、時計を——ミスター・ケントがドレッサーの引き出しに隠した時計を奪われてな……思い出したか? 記憶を新たにしてやったんだし、ショッキングな光景だったろうから覚えてるだろう? ミスター・ケントの奥さんの死体は部屋にあったのか? 答えるんだ!」

戸口でじっとしていたドーベルマンが巨大な頭をめぐらせ、考えこむようにして三人を見つめた。そうして敷居に寝そべり、ドアの横木へ何度も鼻面をこすりつける。喉の奥のほうからクーンという甘えるような声がかすかにもれてきた。

「で？　私たちは答えを待ってるんだぞ、ドロレス」

女は小さな白い歯で唇を噛んで、さらにしばらくためらっていた。

ようやく目をあげた彼女は、まっすぐトディの目を見ながら口を開いた。

「いいえ」と彼女は言った。「死体なんてなかったわ」

12

エアデイル・アーレンスは(保釈金が必要？　ならエアデイルに連絡を)電話のベルをたっぷり一分間も鳴りっぱなしにしたまま、寝そべって口汚く文句を言っていた。ようやくベッドカバーを蹴りとばし、読書灯をつけると、部屋の向こうまで文字どおり吹っ飛んでいく。

「ジョージ！」壁電話に向かって吠えた。「何度言ったらわかるんだ、俺は……おう」彼はそう言い、しばらくして続けた。「そうか、オーケイ、ジョージ。あげてやれ」

鍵をあけ、室内履きにすべりこませた足を引きずりながら簡易キッチンへ行く。冷蔵庫からミルクを出してグラスに注ぎ、それを持って別の部屋へ行った。

ドアがあいた。入ってきたのは市議会議員のジュリアス・クロップだった。

「いいか」と議員は言った。「このイレイン・アイヴズ——ケントか。この女を朝までに法廷へ連れてこい」

「ほう、そうなのか？」エアデイルはミルクを一口すすった。「誰の命令だ？」

「とにかく——連れて——こい！　私が命令してるんだ。理由もわかってるはずだぞ」

「あの女、オットメってことになるのかい？」

「当然だ。少なくともある程度はな。面倒事がおさまるまでは」

「面倒事か」エアデイルは不機嫌そうに言った。「去年俺から九千もまきあげたってのに、まだ面倒事もおさめられねえとはな。買収するなら悪徳警官にするんだったよ。それとも、便所の掃除屋とかな。そういうやつらだったら、カネに見あった仕事をしてくれただろうに」

クロップ議員が両手を広げた。「そいつは理不尽だぞ、エアデイル」咎めるような口調だった。「世間が騒がしくなってから、ゆうに十八か月以上だ。どんな形であれ最後に警察が手入れをおこなってから、ほぼ二年たってる。野党のやつらがたまにこっちの足もとをすくおうとしてきても、私にはどうしようもないんだよ。正直言えば私はそれでいいと思ってるし、あんたも同じ気持ちのはずだ。アメリカがすばらしいのはそういうところなんだからな——競争——飽くなき闘い——」

エアデイルは唸り声をあげた。「飽くなきタワゴトだろ。やめてくれ。そういうのは七月四日にとっとけってんだ」

「女を連れてくるんだな?」

「その女でなきゃいけないんならな。別の阿呆のシッポをつかませる、ってのはムリなんだろ?」

「もちろんだ。この一年で二十三人逮捕されたっていうのに、あの女は一日だってクサいメシを食ってないんだからな。やつら、あの女から情報を聞きだしたがってる。そしたらどうなると思う? 大変なことになるぞ。図に描いて説明しなきゃいけないか?」

もちろんその必要はなかった。イレインという名前が出た時点で、予想はついていた。軽罪の場合、保釈金はほぼ罰金と同じというのが多くの町の相場だった。保釈金さえ払えば自動的に一件落着。しかしながら、取り締まりが厳しい場所ではとくに、時期によってうまく行かない場合もある。そんなとき、保釈金が容疑者に自由をあたえられるのは裁判が始まるまでだ。出廷しなければ、逃亡したと見なされた。

エアデイルもよくわかっていた。イレインの件でそんな事態を許してはならない。対抗する政党はきっと彼女を箒がわりにして、街の大掃除というなんとも不愉快な作業を始めるだろう。そして、この件でほぼ二千ドルの保釈金が消えていると言いだす——いや、わめきだすにちがいない。そのカネはどこへ行った? 何に使われた? どこかの土地に評価額の二十倍の価値が保証されたんじゃないのか?

エアデイルは暗い表情で首をふった。捜査の手を逃れるには、イレインを法廷に立たせるしかない。彼女にはかなり不利な状況だったから、判決は数か月の服役、そして／もしくはトータルで数千ドルの罰金になるだろう。あの女は激怒するはずだ――もちろんそんなこと、エアデイルにはまったくどうでもよかった。問題はトディだ――怒らせると困ったことになる。やつはすでにカネを払っている。なのにもはや、何の見返りも期待できそうになかった。もちろん、もらった分を返すことはできるが、あまり得策だとは思えない。刑ってのは一度決まってしまうと、ほとんどの場合、決まったまま変わらないからだ。

「こういうのはどうだ?」エアデイルは言った。「俺たちに関する書類をとりもどして、かわりに現金を工面しておくってのは?」

「それができたらここまで来ると思うか?」クロップは激しい口調で応じた。「こっちに逃げを打つ余裕をあたえないように、すべてあいつらが仕組んだことなんだ。わからないのか?」

エアデイルはうなずいた。イレインを法廷に立たせるなんて、最悪だった。だがそうでもしなければ、口では言えないほどヤバいことになる。法廷に立たされるのは、俺自身だ。

「オーケイ。気に入らねえが、オーケイだ。連れてくよ」

「よし」クロップ議員が立ちあがった。「今、あの女に連絡を入れといたほうがよくないか?」

「連絡を入れる、ね」エアデイルはバカにしたように言った。「はいはい、旦那。俺の仕事はそれだけ、ってことだ。あの女に、警察へ行って自首しろ、って言うだけ」

「だが……」クロッブは顔をしかめた。「ふん、なるほどな」

「出口はわかるな?」エアデイルは言った。

もちろんわかっていたから、クロッブはさっさと外に出た。エアデイルは着替えを始めた。

それから十五分ほどたったころ、彼はトディのホテルの前でタクシーをおり、なかに入った。フロント係とは顔見知りだ。その手の社会的階層に属する街の人間なら、ほぼ全員と顔見知りだった。フロント係は愛想よくウィンクして、カウンターごしに握手を求めてきた。

「調子はどうだい? 誰を捜してる?」

「おまえさんかもしれねえな、可愛い子ちゃん」エアデイルは言った。「だが今日はトディ・ケントにしとこうか」

「ケント? そんな男は宿帳にゃ——おっと」エアデイルの手に札が握られているのを見て、客室係は続けた。「ああ、泊まってるぜ。電話してみようか?」

「今はいい。鍵はボックスにあるのか?」

「ボックスなんて意味ねえよ。ここの客はほとんど鍵を持ち歩いてるからな。でも、やつは部屋にいるはずだ。やつも、やつのカミさんもな。出てくのは見なかった」

じっくり考えてみた。副保安官のバッジは持っていたが、それを使うことはためらわれた。友人と相対するときはとくにそうだが、肉体労働はいつだって他人にまかせたほうがいい。

「デカケツ野郎はどこだ？　あの、悪魔みたいな警備係は？」

「上で女とシケこんでるかもな。いや、あそこにいた」――客室係が指さした――「腹をふくらましてるとこだ」

エアデイルはコーヒーショップを一瞥した。「オーケイ。あいつをひっぱっていこう。俺たちがエレベーターに乗って三分くらいたったら、ケントの部屋の電話を鳴らしまくってくれ」

エアデイルはケネディという名の保安係をつかまえ、ふたりで上にあがった。トディの部屋の前で立ちどまると、ほぼ同時に電話が鳴りはじめた。まるまる二分は鳴りつづけていただろうか。鳴っているときも鳴りおわってからも、ほかの物音は何ひとつ聞こえなかった。

彼は拳をあげてドアを叩き、脇へどいてケネディに合図した。保安係は片手でノブをつかみ、もう片方の手で奇妙な刻み目の入った鍵をとりだして鍵穴へ近づけた。ゆっくりノブを回し、そっとドアを押す。それから鍵をポケットに戻し、金属のおもりを埋めこんであるブラックジャックをとりだすと、いきなりドアを全開にした。

「オーケイ」保安係が唸り声をあげた。「出てこい！」彼は一瞬待ってから室内へ踏みこみ、エアデイルもあとに続いた。

バスルームもクローゼットもベッドの下もチェックした。慣れないことをやったうえに食事のあとだったせいで、ケネディは荒い息をつきながら椅子に倒れこみ、帽子で顔をあおいだ。

「うん」と彼は言った。「いないようだな」

「わかってる」エアデイルは言った。

窓辺へ行って外をうかがった。以前は白く塗られていたはずの窓枠を見おろす――踵の跡が一本、筋になって残っていた。

ケネディが言った。「今夜のあの女には、さすがのトディも堪忍袋の緒が切れたらしいぜ。一ブロック先まで悲鳴が聞こえてたからな」

「そうなのか？」

「ホントだって、エアデイル。まるで殺されるみたいな声だったよ。俺がもたもたしてたら、あいつ、あっさり殺っちまったんじゃないかね」

「で、あんたはどうしたんだ？」

「電話を入れたよ。女はもう静かになってたがな。それからはなんの音も聞こえなかった」

エアデイルが黙ったまま、まばたきもせずにらみつけると、保安係は居心地悪そうに身じろぎした。「外へ出てったんだろうよ」彼は保釈保証人の潤んだ茶色い瞳を避けながら言った。「きっとそうさ」

エアデイルはぼんやり鼻のあたりをかきながら、再び窓辺に近づいた。つきだした肘が焼却炉の排煙筒にぶつかり、口汚く叫びながら跳びすさる。ケネディが膝を叩いて大笑いした。

「ああ、サ、サイコーだ」笑いながら言う。「何やってんだよ、エアデイル！」

「なんだこりゃ！」エアデイルは大声をあげた。「ここはホテルじゃなくて火葬場か？こんな天気なのに、なんでボイラーなんかつけてやがんだ！」

爆笑したせいで息を切らし体を震わせながら、保安係は排煙筒がそこにある理由を説明した。エアデイルは近づいていってしげしげと眺め、蹴りを入れた。締め金にからみついていた髪の毛をひと筋つまみあげ、煙突の大きさを目で測る。考えたくないことだが、充分なサイズだった——女の死体を放りこむには。

エアデイルはぶらぶら塒《ねぐら》へ戻りつつ、犬のような目をスモッグに透かしながら、さしたる感慨もなく思っていた。イレインはまちがいなく、スモッグの一部になっちまったんだろう。死んでからも人に害をなすとは、なんともあの女らしい。完璧に最悪のタイミングで殺されたことも、さすがイレインだ。朝になっても姿を見せなければ、警察は彼女を追いはじめるだろう。あちこちでちょっとばかり捜査をしてちょっとばかり話をしたら、包囲網はトディへと狭まっていくはずだ。

次の角には終夜営業のドラッグストアがあった。エアデイルは店のなかにあった公衆電話のブースに入るとドアをしっかり閉めた。小さな黒い手帳を開き、書いてある番号に親指の爪で印をつける。手探りで硬貨をとりだしながら、落とし穴を回避する方策を頭のなかで再確認した。

指紋は？　警察は最初の逮捕時にあの女の指紋を採取している。やつらにはそれで充分だ。写真は？　新聞社も警察も、顔写真はもう取得済みだろう。問題は女が出廷するかどうか――年格好も体格も肌の色も同じ女。そうだ、それならうまくいく。ロサンジェルス市の裁判所には毎週何百人という女がやってくる。イレインが新聞や警察の目を惹くとしたら、それはあいつが出廷しなかったときだけだ。

エアデイルは公衆電話に小銭を入れ、番号をダイアルした。

「ビリーか?」――ドアのガラス越しに外を見張りながら言う――「エアデイルだ。調子はどうだい……ほう? まあ、どこも景気が悪いって話だからな……しばらくちょろい仕事で稼がねえか?……ああ、百パイ――いや、百パイ半、出す……そうだよ、英語がわかんねえのか? 週に百五十だよ……とにかく、直接会って話そう。電話でゴタゴタ言うこっちゃねえからな……経費? もちろんこっち持ちだ、ビリー嬢ちゃん。アゴもアシもな……そっちは一銭もかからねえよ」

13

トディは無表情なまま女を見つめた。彼女はためらうふりをし、アルバラードがむりやり自分から話を聞きだそうとしているかのように見せかけた。名演技だった。一瞬、味方なのではないかと信じかけたほどだ。だがペテンだ。ペテンにちがいない。そうでなくても、そろそろ俺は目を覚ましたほうがいい。自分をつねって、服を着て、コーヒーでも飲みに行く頃合いだ。

部屋に死体が残っていたのなら、殺人が起きた理由は納得できる。誰かが俺をバカでかくて頑丈な罠にかけようとしたわけだ。だが死体が消えたとなると、とんでもなく妙なことになる。正真正銘のトンチキ騒ぎだ。

「どうします、ミスター・ケント?」アルバラードが皮肉な笑みを浮かべた。

トディは首をふった。「言わなきゃいけないことは全部言ったぜ」

「そうですか。ドロレス、おまえはここにいてくれ。ミスター・ケント、あなたは先に立ってドアを通ってください。ウチの地下室はきっと見ものですよ」

「待って」女が低く鋭い声をもらした。「ペリートが、アルバラード。犬が!」

アルバラードが目を凝らした。トディから玄関へとすみやかに視線を移し、スペイン語でそっと尋ねる。

「人か《オンブレス》、ペリート？　誰かいるのか《シ・オンブレス》？」

犬は興奮に目を輝かせながら、跳びはねるように数歩近づいてきた。言葉を発しようと顎をもぐもぐ動かしている。

「よし《ブエノ》、ペリート」アルバラードが言った。「とまれ！」

戸口のほうを向いたまま、犬が彫像になった――不動にして漆黒の、ウェストまである敵意のかたまり。「明かりを、ドロレス……」

トディの背後でアルバラードが動いた。銃は背中に押しつけられたままだ。明かりが消えた。部屋が静寂に包まれる。

しばらくは何も起きなかった。三人の圧し殺した呼吸音以外、あたりは静まりかえっていた。すると、遠く屋外の上のほうから、ピン、というやわらかい音が聞こえた。電話線を切る音が静寂を破った。唯一の脅威を排除したせいか、もしくはそう思ったせいか、侵入者たちは堂々と物音をたてはじめた。

木の床で足を引きずる音。ドスンという大きな音。カタカタとポーチを走る音。何かをひっかくような細く高い音がしたのは、スクリーンを切り裂いたのだろう。ドアが揺れ、ノブが回った。闇のなかから聞こえてきたのは、望外の喜びをあらわす下品な言葉だった。ドタドタと足音がして、ドアが再びカチリと閉じられた。

明かりがついた。

敷居で雁首そろえて立っていたのはシェイクとドナルドだった。明かりに目をしばたたかせている。まばたきを終えたと思ったら、開いた目がどんどん大きくなっていった。顔色は緑と白の中間だ。

「な、な、なななななん……」ドナルドが言った。

シェイクは困惑のあまり、プリンみたいに頭を震わせていた。頬を痙攣させながら背中でドアにもたれかかる。

だがアルバラードの冷たい声が響きわたると、やつは滑稽なくらい背筋を伸ばした。

「三歩前に出ろ！　腕をうしろに組め！　ドロレス――」アルバラードがぐいと頭を動かす。

ドロレスがふたり組の背後に回った。やつらを蔑みながらすみやかに身体検査していく。

当然ながらドナルドは、持ち手の細い長刀ナイフを装備していた。シェイクの尻ポケットから出てきたのは、おもりを入れて口を縛った男物のソックスだ。ドロレスが床に放り投げようとすると、アルバラードが手をあげてそれを制した。

「ちょっといいか……」彼は少しだけトディから遠ざかり、ふたりのチンピラににやにや笑いかけながら靴下を手にとった。「チキンクロー――割れガラスを入れた靴下だな。どうして私がこんな誉れにあずかるんだろうね、紳士諸君？」

「それ――そんなに痛くないんですよ、旦那」シェイクが阿呆のように口走った。「俺たち、そんなつもりじゃや――」

「こいつにどんな効き目があるかは、わかってるつもりだよ。思いきりふりまわして股間に叩きつけてやってもいいんだが、それでも痛くないと言いはるつもりか？」

シェイクの顔がさらに緑色になった。

いきりたったドナルドが憤然とトディを指さす。「やれって言ったのはこいつなんですよ、旦那！　こいつが俺たちをここへおびきよせたんだ！」

「ほう、そうなのか？」

「ホントかどうか、こいつに訊いてくれよ！　こいつの話だと、ここにいるのはひとり暮らしの婆さんだってことだったんだ――脚の悪い婆さんが宝の山を持ってる、って！」

「実際そう言ったんです、旦那」シェイクがここぞとばかりに口をそろえた。「ネタ代に二百ドルも払わされたんですから」

アルバラードは問いただすような目でトディを見た。トディは肩をすくめた。

「わかった。おまえたちは」――アルバラードはドナルドに向かってうなずいた――「今日の夕方、その相談をしていたんだな?」

「それだけじゃねえんだ」ドナルドが憎悪に満ちた目でトディを見た。「ホントに相談してたのはコロシのことなんで。俺たち――それでこいつと取引するハメになったんです。こいつ、自分の女を殺しちまったんで、街からズラかるカネが必要だったんですよ」

「おやおや」アルバラードが笑った。「奥さんを殺した? なかなか信じがたい話だな。まずまちがいなく、この人はおまえらからカネをまきあげようとしてそう言っただけだろう」

「ホントですって、こいつ、女を殺したんですよ! それに」ドナルドはいやいや認めた。

「実際その女、バラされてたんです。ベッドの上にすっかり伸びて――ホテルのこいつの部屋でね!」

アルバラードは信じられないという顔で舌打ちをした。「お悔やみでも言いに招かれたのかな。何時だった?」

「ちょうど六時半ごろだ。それに、招かれたってわけじゃありません。こいつが出てるあいだに忍びこんだんだ、ね？　帰ってきたらちょいと痛い目にあわしてやろうと思ってさ」

ドナルドはトディの不利になるような事実をできるだけ多く並べたてようと、必死になってしゃべりまくった。一度だけだが、シェイクが手下をとめようとした。見た目ではわからない裏があることに気づいたらしい。だがアルバラードが厳しい言葉を投げつけると、震えあがって萎縮し、再び黙りこんでしまった。

ドナルドが悪意のこもった目でトディをにらみつけてリサイタルを終えた。

アゴナシ野郎はゆっくりと女のほうへ向きなおった。「で？」

「私は見たままを言っただけ。言えることはほかに何もないわ」

「つまり」アルバラードはためいきをついた。「我々はふたつの矛盾する真実に直面している、ってわけだな。表面的に矛盾する、と言ったほうがいいか。さて、どうするか……だが、ふたりの紳士を我々のささいな問題で悩ませちゃいけない。このおふたりは見るからに大物だ。さっさとお帰り願おうか——もちろん、ここに来た記念にちょっとお土産もつけてね」

彼は微笑みながらふたりに近づいた。「そういうことでよろしいかな？　結局のところ、不法侵入は重罪なんでね」

ふたりは勢いこんでうなずいた。

アルバラードの顔から笑みが消えた。「いいことをしてやろう。うしろを向け!」

「で――でも――」

「いいことはヤメだ!」アルバラードは靴下をふりまわした――一度、二度。それから靴下を床に落とし、犬の首輪をつかむ。「こいつは血のにおいに興奮する犬でね。思いきり走ったほうがいいと思うぞ」

ふたりはぽかんとアルバラードを見た。わけがわからないという表情だ。靴下のあたった衝撃で顔が赤くなっている以外、暴行のあとはどこにもなかった。

すると、流れだした。血が。無数の小さな傷口から点々とにじみだし、みるみる無惨な赤い仮面を形成していく。犬が唸り声をあげて跳びかかった。

「急げ!」アルバラードが強い口調で言った。その声には疑いなく、ふたりを急きたてる力があった。

シェイクとドナルドは同時に我に返った。戸口に殺到してつっかえ、ヒステリックに怒鳴ったりもがいたりしながらようやく外へ出ると、もつれる足で階段を転がり落ちていった。狂ったような足音が遠ざかり、夜へと消えた。

アルバラードがドアを閉じ、玄関に背中を向けた。犬の脇腹をどんと蹴って下がれと命じ、微笑みながらトディを見る。

「お詫びしなければならないようですな、ミスター・ケント。すべて水に流してお許しいただければありがたい――かいつまんで言えば、先ほどの申し出を受けいれる心づもりが今もあるならね」

トディは眉根に皺をよせた。「たぶんな。しかし俺のカミさんはどうなる？　死体がどうなったにせよ、あいつがいなくなったことはすぐにバレるだろう。警察が俺を捜しはじめるのは時間の問題だ。俺としては身を隠しているしかない。そんな人間と、どうやって組もうってんだ？」

「私としてはね、ミスター・ケント、殺人容疑を晴らしてさしあげようと計画してるんですよ。当然ながら、このままだとあなたは使えませんから」

「計画してる？」トディは言った。「でもどうやって――なぜだ？」

「どうやってかは、まだ言えません。なぜかについては、ふたつ理由があります。まずは、私と組んでほしいと思っていること。そして、犯人がかなりの確率で、あなただけでなく私の立場も危うくするだろう、ってことです」アルバラードが手をあげた。「お願いしますよ。この段階で申しあげられることはもうほとんどありません。それにあなたはまだこちらの申し出を受けいれちゃいない……それとも受けいれてもらえたんですか？」

「わかった」トディは意を決した。「チャンスはそれしかないようだな。あんたのパシリになってやるよ」

「すばらしい。で、あなたが時計を持ってることを知ってたのは、誰なんです？」

「あんただ」

「もちろんです。それにドロレスもね。でもほかには？　当然奥さんには教えたんでしょう？」

「いや。あいつにも誰にも教えてない」

「ほんとうですか？　うっかり誰かに何か言ったせいで、もしかするとですが、あなたが時計を持っていると勘づかれたかもしれませんよ」

「いや。俺は――」トディはおぼつかない表情で言葉を切った。

「どうなんです？　おそらくあなたにも私にも大事なことなんですがね、ミスター・ケント」

「俺が金を売ってる男には話した」トディはミルトとの会話をかいつまんでアルバラードに伝えた。「向こうにしてみれば、なんの意味もないおしゃべりだったはずだ。それに妻が殺されたのは、そいつと話をしてたのとちょうど同じころだったしな」

「だとすると、その男ではなさそうですね。思ったとおりだ……」

「そうだな」

アルバラードはぼんやりうなずいた。「ええ、そういうことでしょう……ああ、座ってください、ミスター・ケント。コーヒーでもいかがです？　――よろしい、私もご一緒しよう。ドロレス！」

トディは腰をおろして煙草に火をつけた。アルバラードはキッチンのドアが閉まるのを確かめてから口を開いた。

「ひとつ教えてあげましょう」彼は静かに切りだした。「今は細かいことまで訊かないでくださいよ。私はドロレスをあまり信用していません。あなたも信頼しすぎないほうがいい」

「俺は誰のことも信頼しすぎたりしないぜ」トディは応じた。

「すばらしい。あれは魅力のある女ですが、残念ながら、魅力を使う以上のことはできない女だ。ところで、目下の問題に戻りましょう――奥さんの死体を見つけたとき、そのドナルドという男が非常階段から逃げようとしていたという話でしたが、すぐにそいつを追ったんですか?」

「もちろんだ」

「部屋の捜索はしなかった?」

「言っただろ——」トディはそこで言いよどみ、はっとして呪いの言葉を吐いた。「ちくしょうめ! 犯人のやつ、ずっとあそこにいたかもしれないんだな!」

「ええ。ドロレスが覗いたときも、まだいたかもしれない。でも、あまり自分を責めちゃいけません、ミスター・ケント。あなたの行動はごく自然なものだ」

キッチンのドアがあき、ドロレスがコーヒーを運んできた。

「いや、やっぱりいい」アルバラードは女がさしだしたカップを押しもどした。「ミスター・ケントに一杯さしあげて、私には帽子を持ってきてくれ。そのあとは下がっていい」

「まだ起きてたいわ」ドロレスが言った。

「夜更かしは美容に悪いぞ。とても悪い。そういうダメージってのは、びっくりするくらいの勢いで表に出てくるもんだ」

彼女は困惑したように口をとがらせてアルバラードをにらんでいたが、背中を見せると部屋を出ていった。アルバラードが犬に向かって指を鳴らした。

「ペリートは私が連れていきましょう、ミスター・ケント。あなたもまちがいなく、ひとりのほうがゆっくり休めるでしょうから」

トディは「すまんな」と礼を言い、男と犬が家を出ていくのを見送りながらカップにコーヒーを注ぎ足した。琺瑯のポットを配膳テーブルに戻し、もう一本煙草に火をつける。車回しから出ていくエンジンの音が聞こえた。

コーヒーを一口飲み、まぶたが閉じるにまかせた。実際は、考えてみたってあまり意味はないのだろう。アタマを使っても、その先に待っているものなんてたかが知れている。イレイン殺しが解明されるまで、ショーの進行役はアゴナシ野郎でしかない。

イレイン……トディは心のなかでその名を抱きしめ、何度もひっくりかえしていじくりまわした。ぼんやりした恐怖を感じながら、彼女の名前が呼びさます感情をかたくなに無視しようとした……憎悪。そして安堵。あいつが死んだ今になって？　ナンセンス！　別れてもよかったはずだ。最近のあいつがそうしたがっていたように、離婚に応じてやってもよかったはずだ。死んでくれたほうがいいと思うことがあったとしても、それは別に――。おまけに俺は、犯人をつきとめるためにできることはすべてやってるじゃないか？　それが証になるはずじゃないのか――俺がほんとうに感じていることの証。あいつを殺したやつをつかまえるための労苦は惜しんだことがない。アルバラードとつるむ理由は、それだけだ。もちろん、やつのオファーはとんでもなく魅力的だったし、俺がこれまで求めてきたような話ではあったが……。

あとはただ、組織の仕組みがわかればバッチリなのだが——現在の供給元を見つけること。そうすれば、持てるはずのない大金がたっぷり手に入るだろう。

「ミスター・ケント！」

ドロレスがかたわらにひざまずいていた。シルクに包まれた豊かな胸が彼の腕に押しつけられ、青いVネックのナイトガウンがクリーミーな肌の表面に沿って蠱惑的な影を作っている。

「コーヒーよ——薬をもられたの。すぐここを出ないと！」

14

トディは寝覚めのいい男だった。そんな特徴がほかのどんな特徴よりイレインをいらだたせた。彼女は二日酔いで体を震わせ、胃のムカつきに苦しみながら彼を見あげて、朝っぱらから何をニヤニヤしてんのよ、と口汚く罵った。

そして今、トディは笑みを浮かべてドロレスを見ていた。彼女を思いやる笑みではなく、自分に向けた笑みだった。するとあることに気づき、とたんに、これまでの人生でしみついた慢性的な猜疑心と不快感もわきおこってきた。それでもまだ微笑んでいた。他人を信頼しているかのような、一見純粋な笑み。

「どういうことだ?」彼は尋ねた。「コーヒーに薬をもられたって、どういう意味なんだ?」

「あの人が自分では飲まなかったの、気づいたでしょう? さあ、逃げて!」

「なぜ?」

「ものすごく危険なことが迫ってるの。それ以上は何も言えない」

「わかった」とトディは答えた。「わかった、出てくよ。どうやったらブラックコーヒーに一服もれるのか、それを教えてくれたらすぐにな。いろんな話を聞いてきたが、そんなの初耳だぜ。よっぽどの量を入れなきゃムリだ」

「で、でも、私――私――」

一瞬前には絶対言うべきだと思ったことを言いだしかねて、ドロレスはなすすべもなく口を閉じた。トディはまるで別人だった。姿形は同じでも、中身が恐ろしい勢いで変化してしまったみたいだ。やわらかな笑いじわが、氷のように硬い拒絶感を示している。

「それで？」

「わかったわ」彼女は頬を染めながら言った。「コーヒーのことは嘘よ。でも――」

トディがいきなり腕をつかんできた。どういう意味なのか考える暇もなく、彼女は一回転させられ、あっという間に彼の膝に乗せられていた。

「かまわないよな？」とトディは言った。「人と話すときは目を見ていたいんでね。話すときに目をあわせてれば、嘘もつかれなくてすむってわけだ」

「私――放《はな》して――！」

ドロレスは前のめりになって逃れようとした……するとトディが慣れた仕草でさりげなく右足をふった。彼女は足もとをすくわれた格好になり、再びトディの両膝のあいだにお尻を落としてしまった。間の抜けた姿勢でバランスをとっていると、怒りがゆっくりと恐怖へ転じ、ふくれあがっていくのがわかった。

「ちょっと骨があたったか?」彼はうなずいた。「危険が迫ってるって言ったな? その話はいちおう買っといてやろう。どんな危険だ?」

「その——危険なのはアルバラードじゃないの」

「じゃあ、なんだ?」

「それだけしか教えたくない」

「おいおい待ってくれ」トディはひきずるような調子で言った。「そこでおしまいなんて、ナシだぜ。そりゃ、ナシだ。あんた、双子じゃないよな?」

「双子? 意味がわからないわ」

「そうか。あんたにそっくりなどこかの女が今夜、俺を追いかけまわしたんだよ。シェットランドポニーくらいデカい犬をけしかけて、俺を狩りだしたんだ。走りすぎて足がもげるかと思ったぜ。二度も三度も殺されかけたしな。で、犬につかまって、車まで追いたてられて、それからその女にここまで連れてこられたってわけさ——この世でいちばん来たくなかった場所にな。言いくるめようとしたよ。説得もした。だが何を言ってもムダだった。そんなことがいろいろあったってのに、今になってその女が親身になってくれるなんてさ。大いなる乳──怒らないでくれよ、ハニー──乳兄弟みたいにな。俺はいったいどうやって──」

「お願い！　チャンスをくれたら……」

「やってもいいぜ」

「あなたをここに連れてこなきゃいけなかったの。逃がしてあげることはできなかった。アルバラードは言い訳なんて聞いてくれなかっただろうし」

「ズラかればよかっただろう。今だってそうさ──ここでやってることがそんなに嫌ならな。アルバラードは大きな面倒事を起こせる立場にはない。それはあんただって同じだろうが、でも、五分と五分じゃないか」

トディは待った。眉をあげ、震えながら上下しているドロレスの胸を眺める。瞳には涙が浮かんでいた。悲しくなるくらい甘美で、無力で、心細げな風情だった。まるで、プレゼントをあげようとした手を叩かれた子供のようだ。

「俺はまだここにいるぜ」トディは容赦なく言った。「続きを聞こうじゃないか」

「あなたって人は！」ドロレスが反発した。その目は早くも乾いていた。「自分のイメージばかり気にして、ほかはなんにも目に入らないのね！　わからない？　私が今夜、あなたを守ろうとしたこと、忘れたの？　殴られるくらいじゃすまなかったかもしれないのに、それでも私、あなたに話をあわせて――」

「そうだな。でもなんの足しにもならなかった。だからまた別の話をした……サツに尋問されたことはあるかい、ハニー？　見事なもんだぜ。防音室に入れられてな。誰も近づけないところに押しこめられるんだ。逮捕状なんか出てなかったかもしれないのにだぜ。ただ受けとめる以外、何もできない。平手打ちも、ホースも、腎臓蹴りもな。限界なんて何時間も前、とっくに超えてる。そんなとき、ドアがばたんとあいて、父親みたいにやさしそうな男が現れてさ、そいつが警官どもをドヤしつけるんだ。なんでこんなことをした、おまえらにはもううんざりだ、みんなクビにしてやるぞ、ってな。見事だろ？　誰だってそいつの首っ玉にすがりつきたくなる。お決まりの猿芝居だってことを知らなかったらな」

「ふうん」ドロレスは穏やかに言った。「そんなふうに――そう、そんなふうに考えるのね。そんなふうにしか考えられないのね」

「ビンゴ。大当たりのこんこんちきだ」トディは言った。「ほかにも意見の食い違いがあるかどうか、探してみようぜ」

「もう行くわ。あなたには何も言うことがないもの」

「今夜、俺の部屋に何度入った?」

「なんでそんなこと――一度きりよ!」

「で、部屋は片づいてたんだな?」

「そうよ! 片づいてたし、私は死体なんか動かさなかった――そんなことする必要、ないでしょ――信じても信じなくてもいいけど――あなたなんか大っ嫌い!」

「じっと座ってろ!」トディは彼女の腕をつかんで再び引きよせた。「こっちだってあんまり言うことはないが、しっかり覚えといてもらいたいことはある。俺の妻はどうしようもないやつだった。あれよりダメな女もなかなかいないだろう。でも死んでほしくはなかった。とくに、あんな形ではな……誰だってあんな死にかたはするべきじゃない。三流ホテルの薄汚い部屋で、ひとりで、さるぐつわをかまされて、首を絞められるなんてな。俺にまだ寿命が残ってたら、やったやつらをこの手で捜しだしてやる。そのときは……」

「まさかあなたが考えてるのは――」

「考える?」トディは首をふった。「考えてなんかいないさ。あんたが俺を、犯人捜しの唯一のチャンスから遠ざけようとしてるとはな。あんたの指図に従って――つまりここから素直に出ていっても、困ったことになるとも考えちゃいない。俺は何も考えちゃいないんだ。わかってるのは、今日の午後この家へ来てからずっと、地獄の連発だってこと。そして、その花火のど真ん中にあんたがいるってことだ。俺は何も考えちゃいないが、何も考えまいと考えてるわけでもない。そういうことだよ。そういうことなんだから、ひとつ言っといてやろう。そのかわいいケツを二度と俺のほうにつきだすな。もしそんなことをしたら、蹴りとばしてフィールドゴールを決めてやるからな」

トディは終止符がわりに膝をぐいと押しあげた。ドロレスはよろけながら立ちあがると、驚きと激しい怒りをにじませつつ、一瞬定まらなくなった足もとでなんとかバランスをとりもどそうとした。

「あなたって人は！」彼女は肩越しに言い捨て、その言葉が終わらないうちにバタンとドアを閉めて部屋を出ていった。

だが遅すぎた……今までのことが彼女の演技でなかったとしても。アルバラードが戻ってきてしまったからだ。車が私道に入ってくる。こういう場合、どんなセリフを言えばいいのだろう。トディは迷っていた。

アゴナシ野郎がわざわざ俺を試しているのだとしたら、すべきことはひとつしかない。正直に言うこと。黙っていたら、痛い目にあうのはあの女じゃない。そいつは、トディ、おまえのほうだ。

逆にドロレスが俺に警告したり脅しをかけようとしたのだとしても、アゴナシ野郎にはやはり正直に言うべきだ。俺とアゴナシは今のところ同じ船に乗っている。ひとりが痛い目を見ればもうひとりも痛い目を見るのは、至極当然だろう。

だから、ドロレスが逃がしてくれようとしたことを告げるべき理由はごまんとあった。なのになかなか、そうする決心がつかなかった。迷っていると、その直後、アルバラードと犬が入ってきた。

15

　犬はまっすぐトディのところへやってくると、足もとにうずくまった。誰かが悩みごとを抱えている雰囲気を察したのか、一心にトディの顔を見つめている。

「うぉおおんみ?」犬が口を開いた。「うぉおおんみぃ……いぃぉお?」それはもちろん、トディを悩ませ、同時にいらだたせてきたあの歌だ。忘れられない歌。なのにメロディを思い出せない歌。

　それでもトディはにやりと笑った。いや、笑ってしまったのは逆に深刻な状況に追いこまれていたせいかもしれない。この犬にはまったく裏がない。何を考えているのか、すぐにわかる。この家でそんな生きものと接するのは慰めでもあった。犬は聖歌のリフレイン部分をハミングしていた。だが、アルバラードのそっけない命令がそれをさえぎった。

　犬は滑稽なくらい悲しそうに去っていった。アゴナシはどすんと椅子に腰をおろし、手をすりあわせた。アゴナシ野郎、どうやら得意になっているらしい。サメのような笑みを耳から耳まで広げている。

「休めましたか?　ああ、ふむ。なるほど」――そう言って大げさに部屋のにおいを嗅いでみせる。「おひとりではなかったらしい。あの女が寸暇を惜しまず誘いをかけてきたわけだ」

「たぶんな」トディには香水のにおいなどしなかったし、アルバラードもにおいを嗅ぎつけたわけではないはずだ。第一あの女は夜じゅうずっとこの部屋にいたのだから、においがしたってたいした意味はない。「たぶん」と彼はさりげなく言った。「俺が眠ってるあいだに入ってきたんだろうな」

アルバラードがくすくす笑った。「わかりますよ。私はその手のことに興味を失ってももう何年にもなるが、よくわかります。あいつは魅力的な女だ。あなたは奥さんを亡くして――」

「ほんの」とトディは言った。「ほんの数時間前にな」

「申し訳ありません。まったくもって失礼な物言いでした」

「かまわんよ」トディは言った。

「人間ってのはうれしいとつい無神経になってしまうものだ。それに私にはうれしくなる理由があるんです、ミスター・ケント。私もあなたもね。警察はまだあなたを捜していないかもしれないが、時間の問題でしょう。それは疑いようがない」

トディは訝しげな目を向けた。「それがいいことだっていうのか?」

「ええ、すばらしいことですよ。それは——お待ちください。喜んで説明しましょう。今夜あなたから聞いた話ですが、あれが真っ赤な嘘だとは思えませんでした。見るからにあなたを嫌っているふたり組の証言もありましたしね。だが信じるだけじゃ充分じゃない。それ以上を求めるのが私の主義でね。で、期待をこえる、はるかにこえる収穫があったというわけです」

彼はまたもうれしそうにくすくす笑いをもらしたが、トディのしかめっ面を見て先を続けた。「あのホテルの同じウィングに部屋をひとつ予約したんです。ベルボーイを説得して、あなたの部屋を見せてもらおうと思ったんですよ——煙が出てるんじゃないか、とかなんとか口実をつけてね。ところがあんなものを目にするとは、まったく予期してなかった。あれはきっと——」

「さっさと話を進めてくれ」トディはいらだたしげにさえぎった。「あんたは部屋に入った。何を見つけたんだ?」

「いえいえ、入らなかったんです。入る必要はなかった。ドアがあいていたんでね。なかに男たちがいたんだが、刑事なのは明々白々でした。はっきり見えたのはひとりだけだし、聞こえたのも会話のほんの一部でしたが、それで充分でした。やつら、あなたの奥さんを捜してた。明らかに、奥さんの所在がわからなくなったっていう通報があったんですよ」

「でも」——トディは眉をひそめた。「だとすると死体は消えたってことになるぞ」

「ええ、実に妙だ」アルバラードはそうつぶやき、片方のまぶたをさげてウィンクした。「とてもとても妙な話です。死体を動かす動機なんて、誰にあるのか。絶対犯人じゃありません。そんなことをするのは、殺人を犯す理由と矛盾する。ということは……」

「ひとつだけ忘れてるぜ」トディは言った。「俺は死体が消えたのを知らなかったってことだ。まだ部屋にあると思ってたんだからな」

「ほんとうなんですか、ミスター・ケント?」

「ほんとうだ!」トディは怒鳴り、それから肩をすくめて声を低くした。「続けよう。残りを聞こうじゃないか」

「よろしい」アルバラードがしかつめらしくうなずく。「核心的な部分はデリケートなものだし、あれこれ議論してもあまり意味はない。問題はあなたの奥さんが殺されたこと——そして私には犯人の正体がわかってるってことです。お願いだ!」彼は片手をあげてトディを制した。「グズグズしてる暇はない。私なりの説明を聞いていただいたほうがいいと思いますがね。

今日の午後、時計がなくなったのに気づいたとき、私はすぐに金の供給元へ報告しました。イヤイヤでしたがね。申しあげたように、そいつは私の友人ではない。どちらかと言えば嫌悪しているし、その思いは向こうも同じでしょう。しかしながらこの状況では、ほかに選択肢などなかった。金取引ではかなりのコネを持ってるやつなのでね。犯人が時計を換金しようとするかもしれない。その手の目論見は我々に大損害をもたらしかねませんから、なんとしても阻止しなければいけないわけです」

「話がよく見えないんだが——」

「そのうち見えますよ、ミスター・ケント。そいつは私の敵であるだけじゃなく、もう長いこと、必死でこの組織を抜けようとしてきました。もちろんそんなこと、口にはしません。怖くて言えるわけがない。やつはわかってるんだ。我々の組織がいったん誰かの仕事を不要だとみなすと、その仕事をやってる人間自体が不要になる、ってね——永遠に不要とされるんです。この組織が機能しているかぎり、そして我々が許さないかぎり、あいつは組織の一部でありつづけるしかないんですよ。

だが今日の午後、あいつはチャンスを見つけた。私たちがチャンスをあたえてしまったんです、あなたと私がね。あいつは奥さんを殺すことで、あなたが無実を証明しようとして行動を起こし、私と敵対するようにしむけたんですよ。そうなると、組織の存在が明るみに出るのは避けようがない。我々もしばらく活動できなくなってしまう。しばらくですめばいいですがね……それが、あなたの奥さんが殺された理由です、ミスター・ケント。あいつは私への恨みを晴らして、嫌気のさしたこの組織とのしがらみも断ち切ろうとしたわけだ」

トディは疑わしげに眉をよせた。「わからないな」とゆっくり言う。「俺に言わせりゃ、ヤバい橋を渡りすぎな気がするんだが」

「あいつはそう思っちゃいません。自分で賢いと思っている手合いにはよくあることだが、あいつも、抜け目のない人間はほかにもいるってことを見落としがちなんです。まちがいなく、私には計画を見抜けないと侮っていたんでしょうな」

「あいつ、ってのが誰なのかは、あんたと組織しか知らないってわけだな」

「そのとおり」アルバラードは同情するかのように微笑んだ。「あなたには知る権利がありますから、もうすぐ教えますよ。状況を上の人間に報告して指示を待つ必要はありますが、それは単に形式的なものなんでね。あの男は罪を償うことになるでしょう。わずかな疑いもなく、ね」

「どうやって?」

「そうですね」――アゴナシ野郎は唇をひきむすんだ――「思うにあいつは良心の呵責に耐えかねるんですよ、ミスター・ケント。後悔のあまり、殺人を告白する――もちろん、書面でね――それから自殺を企てる、と」

アルバラードが暗い笑みを浮かべた。トディはとまどっていた。

「まだわからないんだが」と彼は言った。「どうしてあんたたちは、そこまで手間をかけてそいつを罰しなきゃいけないんだ? 俺の妻は組織にとってなんの意味もなかったはずだ。確かにその男はあんたを狙ってたんだろうが、それはあんたも同じだ。おまけに足を洗いたいと口外してたわけじゃないし――」

「どうしてだか、教えてあげましょう」アルバラードがさえぎった。「我々の仕事の裏には政府がついています。財政的には貧しい国だし、評判もよくない。国際的には嫌われ者ですよ。だから生き残るために金が必要なんです。で、こうやって金を入手してる。だが最近、アメリカから借款できる兆しが見えてきましてね。この国ではそれに反発する声もあがってるが、まだ将来に対する希望はある。そんなとき、すでに嫌われている国のエージェント、たとえば私のような人間が殺人罪に問われたら、そういう希望がどうなるか想像できますか？　それも、殺されたのがアメリカ国民である女性だったとしたら？」

「ああ」トディはうなずいた。「想像できるよ」

「あなたがたアメリカ人ってのは、奇妙な人種です、ミスター・ケント。大量殺戮につながるようなことが起きても平気の平左だ。ところが、自分たちの仲間がひとりでも――とくに女性が殺されたとなったら、国を挙げて復讐を叫びだす……この男が厳しく、そしてすみやかに処罰されねばならんのは、そのせいですよ。自分勝手な目的で実質的に国家の安全を脅かしたんですからね」

「そいつがやったって証明できるのか？」

「できると思いますよ。願わくばこれから二十四時間以内にね。どうやってかはお尋ねなきよう。教えられないのでね。そのあいだ……」

「俺は雲隠れしたほうがいいってわけだな？」

「ええ。そんな必要はないかもしれないが、リスクは冒さないほうがいい。警察がどういう命令で動いてるのか、わからないんでね。推測で動くのはムダだし危険すぎる。ティファナに行けば安全でしょう。あちらにはコネもありますから」

謝罪の言葉をつぶやきながら、アルバラードはバスの時刻表をポケットからとりだし、顔の前に持ってきた。目を細めながらしばらく凝視したあと、銀縁の眼鏡を鼻にかけてもう一度つぶさに眺める。すると突然、時刻表をトディのほうに突きだした。

「この不愉快極まりないシロモノを調べてくれませんか？　活字が小さすぎて——眼鏡をかけても見えやしない」

トディは笑いをおしころした。そんなに小さな活字ではなかった。「いいぜ」と彼は言った。「何を調べればいい？」

「どこか郊外の駅から出発するのが最善だと思うんです。選んでくれたら、そこまで送りましょう。メキシコまでずっと送っていってもいいんだが、そういうことをするとふたりとも危ない目にあうかもしれない」

トディの指が活字の列をなぞっていき、そしてとまった。「ロングビーチ駅はどうだ？」

「いいと思います。次の南行きがそこから出る時刻は？」

「二時」トディは腕時計を一瞥した。「約一時間後だな」

「ではもう行かないと。ティファアナに着いたときしなければいけないことは、道中教えます」アルバラードが立ちあがって帽子を手にとる。「現金はお持ちですよね？　よろしい！

……来い、ペリート」

16

シャワーを浴び、髭を剃り、ベルボーイが持ってきたプレスしたての服と新しいシャツを着て、トディはサンディエゴのホテルの部屋でベッドに腰かけ、朝食用のコーヒー・ポットから最後の一杯を注いだ。

バスが着いたのは午前六時だった。今は八時前。イレインが生きていて自分の立場が危険でなければ、気分のいい朝だっただろう。いや、そういうことがあっても実際気分はかなりよかった。ひとりになれて落ち着いたし、とんでもない緊張状態を乗りこえてリラックスできた。疲れてはいなかった——むしろ活力がみなぎっているくらいだ。なのに、ここに座って休んでいたいという強い欲求を感じた。何もせず、ただ休んでいたかった。

この街を出るのは早ければ早いほどいい。それはわかっていた。

サンディエゴの売り物は、亜熱帯性の独特な気候だけではなかった。大規模な飛行機工場でも、海軍や海兵隊の基地でもない。トディの属する世界の住人にとってここは、できれば近づきたくないご大層な街として知られていた。浮浪者取締が国内で最も厳しい街。「生活程度が見るからに低い」人間は——地元の警官や判事からすれば驚くほど柔軟な規定だ——重罪に問われた。ここでは同じ月、放浪者——仕事もなくうろついていた人間——と自分の産んだ父なし児を殺した女に同等の禁固刑が言いわたされたほどだ。

まだ朝早い時間であるにもかかわらず、休暇中のグループがすでにメキシコ国境行きのバスを待っていた。トディは一瞬、国境までの十七マイル、タクシーを使おうかと悩んだ。どの朝刊にもイレインの死亡記事は出ていない。ということは、まだ手配書はまわっていないのだろう。それでも——彼はバス待ちの列に並んだ——安心はできなかった。人ごみにまぎれていたほうがいい。

国境までの三十分、立ちっぱなしだった。バスはアメリカ側で乗客をおろした。トディは税関を通過しようとする人の流れにまぎれこんだ。

国境は難なく越えられた。忙しそうだったアメリカ側の国境警備隊員は、国籍と生誕地を尋ねたあとちらりとトディを一瞥しただけだった。メキシコ側の係官はそれさえしようとせず、ぞろぞろ通っていくトディやその他の人々のかたわらにただ突っ立っていた。

トディはメキシコのタクシーに乗りこみ、ガタガタ揺られながら細くて長い橋を越え、一、二分後にはティフアナの目抜き通りへと足を踏みだしていた。あたりをぶらりと歩いてみる。広くて汚い通りの両側には平屋や二階建ての建物が並んでいた。テナントはおもにバーやレストランや土産物屋だ。

闘牛が開催される日だったせいで、街はごったがえしている。狭い脇道は店舗を出入りするアメリカ人でいっぱいだった。看板はほとんどどれも英語だ。

通りのどんづまりを曲がると、その先はロサリータという海沿いのリゾート地につながる道だった。トディは反対側へ渡り、来た道をゆっくり戻っていった。街の中心近くで脇へ入り、店を数軒やりすごしながらぶらぶら歩く。一軒の土産物屋を通りすぎたところでふと足をとめ、回れ右をした。

なかへ入った。

店内は品物であふれかえらんばかりだった。ビーズ細工や革製品、安物の装身具がところせましと棚に並んでいる。通路を歩くのがほとんど不可能に思えた。いったん奥へ行ったら、通りからは見えなくなってしまうだろう。

ドアのすぐ内側では、太ったメキシコ女がキャンプ用の折りたたみ椅子に腰かけていた。女はにこにこしながらトディを見た。

「はぁい、なんでしょ？　いい財布？　奥さんにいい香水？」

「宝飾関係の金だとどんなものがある？」トディは尋ねた。「重くて質のいいものは？」

「ありません《ナーダ》！　そういうもの、国境、持ち帰れない。だから売ってないね。いいベルトはどう？　いい銀の指輪？」

「いや、やめとこう」トディは言った。「金にしか興味はないんだ。ホンモノの金さ」

「まわり、見て」女はにこにこして椅子をドアの前に置いた。「空気、おいしいね。金よりいいもの、見つかるかもよ」

トディはどうでもよさそうにうなずき、通路をすりぬけて奥へ行った。数フィート進むと、突然陳列棚がとぎれた。メキシコ人の男が壁ぎわのスツールに腰をおろし、『ラ・プレンサ』紙を読んでいる。

そいつはオープンネックのスポーツシャツを着、しっかりアイロンのかかった黄褐色のズボンとピンと尖ったピカピカの黒い靴を履いていた。微笑みながら立ちあがって、つやつやした黒髪を挨拶がわりにひょいとさげる。身長は五フィートもないだろう。

「ケントさん、ですか？　会えてうれしいね！」

彼はドアをあけてトディをさし招くと、先になかへ入らせてドアを閉め、また鍵をかけた。うやうやしくトディの肘に手を添えて短い廊下を案内し、においのキツい小部屋に入る。石油コンロには鍋やフライパンが乱雑に置かれ、ペンキのはがれたアイスボックスは斜めに傾ぎ、しわくちゃのベッドはほぼ灰色だった。トディは防水クロスのかかったテーブルについた。これまでのごちそうの名残があちこちにへばりつき、染みを作っている。思わず鼻をひくつかせた。

「換気が悪いですよね?」メキシコ人が白い歯を輝かせた。「でもしかたないでしょ? 窓には目張りをしなきゃいけない。整頓できないのはどうしようもないですよ。どうやったらこの国で快適ないい暮らしができるのか、教えてほしいもんだ!」

「そうだな」トディは居心地悪さを感じながら応じた。「気持ちはわかる」

メキシコ人がアイスボックスのほうへ戻った。「わかってくれる人に会えてうれしいですよ」と低い声で言う。「ビールを飲むでしょ、ね? よく冷えた、うまいビールを?」

トディは首をふった。こんなところに長時間閉じこめられるなんてまっぴらだ。「いや、いい。まだ時間が早いし——」

「そうですか」とメキシコ人が言う。「ビールはお飲みにならん、と」

慇懃無礼なそのしゃべりかたには、なんの変化もなかった。あやしい物音も人影もなかった。だが逃げるにはもう遅すぎた。最後の一瞬、トディはこれから何が起きるのか理解した。ギズモが金から真鍮へと急激に変化するのが感じられた。

一撃で椅子からふっとばされた。テーブルに崩れ落ちると、体の下でテーブルも崩れ落ちた。激しく床を打つ鈍い音があたりに響いた。

だがトディには何も聞こえなかった。

17

チビで太っちょのミルト・フォンダーハイムはオランダ人ではなく、実はドイツ人だった。本名、マックス・フォン・ダー・フィーア。ここアメリカでは不法滞在者だった。

血筋はいいが落ちぶれたヘッセン人一家のひとり息子。窃盗で学校を退学になった。再度盗みをはたらいて刑務所で一年暮らすハメになり、おかげで父親からは勘当された。時計作りの技術は刑務所で学んだ。興味など少しもなかったが、なんらかの職能を身につけなければならなかったし、学べる仕事のなかではいちばん簡単そうだったからだ。釈放されたときも、まだそれで身を立てられるほどの技術はなかった。

その意味で言えば、特筆できる技術など何ひとつなかった。またも盗みをたくらんで失敗に終わり、あやうく再逮捕されかけたあと、ビアホールのウェイターになった。職場にはうまく順応できた。ミルトは怠惰で不器用な男だったが、まさにその不器用さが持ち前の明るさや溢れ出るユーモアとあいまって人気者になった……あのウェイターは、まったく！　ジョッキの持ち手で指ははさむし、太鼓腹で足もとが見えなくてつまずくし、たいした道化だよ！　それにあの歌はいっぺん聞いといたほうがいいぜ！

ほかには何もできなかったので、人をからかったり冗談を言ったりして凌いでいくしかなかった。ニコニコしながらわざと不器用さを強調し、あちこちでバカなマネをして人を笑わせた。しかし、腹のなかは煮えくりかえっていた。ほんとうの彼は善良な人間などではなかったし、外見をからかわれるのも大嫌いだった。ビアホールの客をひとり残らずじわじわ炙り殺してやれば、どれだけ愉快だろうと思っていた。

そんなある日、コメディ劇団の座長がミルトを見いだし、すっかり彼のことを気に入ってしまった。このぶきっちょな若いのは使えるかもしれない。ドタバタのシチュエーション・コメディにハマリじゃないか。演技などする必要もない（少なくとも座長はそう考えた）。生まれついてのボケ役にして道化役だ。

ミルトは劇団にくわわった。一座とともにアメリカへやってきたのは一九一三年の初頭だった。

善良なふりはそこで終わりにした。劇団仲間のぶきっちょで愛すべき弟分は、そのときからいなくなった。彼は冷たい目をしたままにこりともせず、全員を軽蔑し嫌悪していることを隠そうともしなくなった。無神経なジョークをあと一度でも言ってみな。思いきり突き出た腹をあと一度でも叩いてみな――エラいことになるぜ。これから先、お笑いは舞台の上だけだ。

ミルトは四か月のあいだそんな態度をとりつづけ、三度の昇給を勝ちとった。一座をわざとクビになったころにはかなりの額のカネと、言葉や習慣もふくめ、この国に関する少なからぬ知識を得ていた。

まんまとクビになりおおせたのはサンフランシスコでだった。彼は五日と五百ドルを費して新しい名前と、アメリカ国民であることを証明する公的な書類を何通も手に入れた。書類上では、両親はサンフランシスコのレストランの経営者であり、彼を教育してくれたのはオランダ人家庭教師だった。両親やレストランや家庭教師は――出生記録の原本もだが――大火事と地震で失われたことにした。英語はうまくしゃべれなかった――だが、それがどうした？　この国の合法居住者のなかには、もっとしゃべれないやつらだってゴマンといる。その意味で言えばこの国の合法居住者のなかには、まさにミルトが使った手段を使わなければ法的居住権を証明できないやつらだってゴマンといるではないか。

アメリカ人というのはドイツ人ほど細かいことを気にしない民族らしい。時計職人として働くのは簡単だった。そろそろ仕事に飽きてきたころ、ミルトは雇用主が自分に負けないくらい長い窃盗歴を隠していることに気づいた。店の主人はミルトの提案にもとづいて

――おかげで利益の半分はミルトのものになったのだが――商用船の船員たちを相手どり、品物を不法に買っていったという無数の訴訟を起こした。訴えられたほうは船に乗っていて、文書という姑息な形で告訴通知が届いたことに気づかなかったから、判決は火を見るより明らかだった。

その後ミルトは裏町に小さな時計修理店を構えた。そして一九四二年のある日まで、自分は一生うだつのあがらないまま、陽気で阿呆な太っちょとしてここで生きていくのだという忸怩たる思いを抱えていた。有力なツテもなく、デカいペテンで儲けてやるという夢を実現する気力も急速に失せつつあった。

精神的な支えになってくれたのはミルト自身の経歴でもあった。自分と同じような事情でこの国にやってきて、そのままとどまっている人間は無数にいるのではないか。そういう人間を捜しだす手立てがあったら――! 同じことを考えたやつがほかにもいることに気づかされたのは、皮肉にも一九四二年のその日、ミルトが計略を練りながら作業台から目をあげたときだった。そいつは同じことを考えただけでなく、実行に移していた。

とはいってもミルトはミルトだ。少しもあわてなかった。その言葉も表情も、むしろ相手を軽蔑しきっていた。

「お願いだから言わないでくれ!」彼は考えこむふりをして目を細めた。「ああ、そうだ、やっと思い出した。マドリード、一九一一年。じゃなかったか？ 獣使いのアルバラード。記憶によれば、どっちがアルバラードでどっちがケダモノなのか、かなり議論になったと思うんだが」

「そっちのこともよく覚えてるよ」アゴナシ野郎が言った。「人間の皮をかぶった豚――そういうオモチャができると思ったんだがな! 残念ながら、我が哀れな犬ども《ポブレス・ペロス》がそのアイデアに猛反対したものでね。しかし――無駄話は以上だ! 注意して聞くんだぞ、ヘール・フォン・ダー・フィアー、口をはさまずにな!」

彼は十分間早口でまくしたてたあと、「で？」という鋭くそしてやわらかいひとことでしめくくった。それは質問というより意志表示だった。ミルトはブランデーをボトルから飲んで返答した。

「ちゃんと理解できたかどうか、確かめたいんだが」と彼は言った。「正式な形ではないが、あんたは帝国《ライヒ》の主義主張に賛同した。帝国には現在、あたしの父親が住んでる。で、もしこの話を呑まなきゃ、父親の身に不幸な出来事が起きる。刑務所に放りこまれるかもしれない。そういうことだな？」

「残念ながら、そのとおりだ」

「わかった」ミルトは言った。「放りこんだら思いきり殴ってやってくれ。なんだったら餓死させてもいい。あれだけの太鼓腹だから、なかなか難しいだろうがな」

ミルトは楽しげに微笑んだ。アゴナシ野郎は顔面蒼白だった。「怪物め！」アゴナシは口ごもりながらそう言って、気をとりなおした。「だが話はそれだけじゃない、ヘール・マックス。おまえはこの国に不法滞在してる。もしひとこと——」

「誰に訊いてもかまわんよ」ミルトは自信満々に言った。「みんな、あたしがここで生まれた人間だって証言してくれるさ。こんな議論をしてなんになるんだ、セニョール・アルバラード？　あんたの国の政府もいいかげんバカげてるが、そのトップにいるバカ野郎だって——」

「黙れ！」

「あんたの国は理想に従って行動してるのかもしれないし、あんただってそうかもしれない。あたしはそんなにバカじゃない。ほしいのはカネだ。この計画を実行に移したいなら、相応のカネを出すこったな。単純さ。これ以上単純なことはないね」

かくしてミルトは、貴金属業の人間なら誰でもそうするように、金の値が一オンス三十五ドルをつけたときに取引をはじめた——かくして、おかしな見た目の小さなミルトはナチ政府の大手買付人となった。

最初の一手は、店を拠点とする訪問買付人のチームを編成することだった。彼らが買ってきた金は、含有量のあやしい三流品をのぞいて、そのまま定期的に造幣局へ持ちこまれた。おかげでミルトは安心できる取引先だという評判を得、今でもその評判を維持していた。次の一手は郵便局で異なる名前を使い、数多くの私書箱を借りることだった。個人が借りるような小ぶりの私書箱だ。彼は複数の名前で、国内のさまざまな地方新聞に小さな広告を打った。

同じ類の広告を打つ人間は何千人もいた。その多くが、ビジネスの過酷さをほとんどわかっていない小物どもだ。信用よりカネに重きを置くのが当然だと思っている小物ども。等級も計量も「適当」——疑われるのは日常茶飯事だったが、いつだって自分に都合のいい形で話をおさめた。必要な訓練や才覚に欠けているせいで——大物になろうとして小物ならではの涙ぐましい努力を重ねているにもかかわらず——やつらの買付は大赤字に終わった。すると損失分を補おうとしてさらに「ヤバい」話に手を出すのは当然だったし、少なくともやつらはそれが当然だと感じた。

こういうことが続くと、最終的に小物どもの評判は落ちていく。よくても「うさんくさいヤツ」だ。金の買付量はどんどん減り、数か月か、せいぜい数年のあいだに廃業してしまうのが常だった。

郵便で商売している小口買付人をすべてチェックするのは物理的に不可能だったし、連邦当局もそんなことをする必要など感じていなかった。金を闇市場に流すにしても、それより先にまずブツを入手しなければならない。リスクに充分見あう量のブツなんて、小物どもにはその一部でさえ買えなかった……そうは言っても、もちろんミルトのところは別だ。金は次々と集まってきた。やつらは毎日大量に買い付けた。

ミルトは、ナチスが買えなくなったら金取引から抜けようと考えていた。しかしアゴナシ野郎は作戦中止のそぶりなど見せなかったし、ミルトも自分からやめると言いだすようなバカではなかった。結果ミルトは、腹立たしいことに、このままだと自由どころか命の保証までなくなると気づかされた。アメリカでは蓄えたカネを使うことができなかった。海外で使おうと思っても、出国は許されないだろう。もう若くはなかった。さっさと足を洗わないと手遅れになる。カネでモノが買えても意味がなくなってしまう。

怒りに混じっていたのは、ある種のあきらめだった。何をやろうがたいして変わりはしないという、よどんだ恐怖感。逃げられたとしても……それでどうなる？　この年齢の男に、初めての見知らぬ国でどんな仕事がやれるんだ？　ひとりきり。孤立無援。生きようと死のうと、誰も気にかけちゃくれない。

　財産を銀行にあずけることはできなかったし、貸金庫に入れておくのも怖かった。そんなことをすれば誰かの注意を惹くかもしれないし、急いで町を出なければならなくなったら万事休すだ。だから、小さくて高級な金庫をこっそり作業台の床下に埋めておいた。もちろんどんなに頑丈な金庫でもこじあけることはできる。しかし、狙う価値のある財産をミルトが持っていると考えるような押し込み強盗や鍵師やバーナー使いがどこにいるだろう。

　どこにもいやしない。そんなふうに考えること自体、お笑いぐさだ。ミルト自身、夜遅く、高額紙幣の束をいくつも積みあげてチェックしながら、声をあげて笑ったり、ちょっと悲しげに微笑んだりした。こんな大金……なんになる？

　だから、さしたる理由もなく仕事を続けてきたのは、ほかにすることがなかったからだった。運命が絶好のタイミングでトディ・ケントとイレイン・ケントを連れてきたのは、そんなときだ。イレイン！　自分とよく似た人間だった。同じ考えかたをする女。あんな女といっしょにいられて、おまけにカネがあれば、ようやく思いどおりの人生が生きられるだろう。だったらどうして自分のものにしちまわない？　問題はただひとつ。あのバカな旦那と別れさせられるかどうかだ。イレインが酒を飲みつづけ、トラブルを起こしつづければなんとか——だがもしそれでも、トディが彼女を捨てることも彼女に捨てられることも許さなかったら……。

ミルトは夜な夜なそのことを考えつづけた。頭のなかで堂々めぐりをしながら呪いの言葉を吐き、ビールを何クォートも飲みほした。するとようやく、トディがしゃべる犬の家にたどりついてくれた。そこからはほとんど考える必要さえなくなった。パズルのピースは太くて短いミルトの指に触れられると、すべて収まるべきところに収まった。

確かにちょっとしたつまずきはあった。何もかも失敗に終わったかと総毛立つ瞬間だった。だがそれはもう過去のことだ。あとは仕上げにかかるだけ。もはや危険はない——あったとしてもほんのわずかだろう。すべて計画どおりに進んだわけではないが、それでもうまくいったと言っていい。

電話が鳴った。ミルトはいつもの調子で応じた。悪意まじりの喜びがわきおこってきて、にやりと笑う。

「ああ、やっておいたよ、セニョール。あんたの仕事だったんだがな……なぜかって？

あいつは危険な男だからさ。あたしらには災いのタネだ。少なくともそれが正直な感想だな。意趣返しをしたつもりはない——意趣返しをした人間がいたとしたら、上のやつらはあんただと思うだろうがね……ええ？　いや、そっちの勘違いだよ、親愛なるヘール。朝刊をゆっくり読んでほしいね——『ニューズ』をさ。ほかのやつには危なくて運べないブツだ。それでも充分じゃないと言うなら……

もっとしっかりした証がほしかったら」——ミルトの声が邪悪な愛撫のように低くなった——「こっちに顔を出してくれ」

18

氷のように冷たく重い感覚がトディの頭を包んでいた。抜け出そうとしても抜け出せなかった。その感覚はどこまでもつきまとってきた。霧のたちこめた遠くてほの暗い世界から人の声がした……男と女がしゃべっている声、いや、女がひとりと男がふたりだろうか……複数の声が近づいてきて、静かになった。何かが彼の左手首をつかんで放し、今度は右腕をつかんだ。腕が持ちあげられ、肉に針が刺さるときの痛みを感じた。すると静脈のなかで炎が燃えあがって心臓がどくんと大きく弾み、それにつれてトディの体も弾んだ。

眼は閉じたままだったが、体が弾んだ拍子にふらふら起きあがった。冷たく重いものが頭からこぼれでていった。トディはなすがままに仰向けでベッドへ押しもどされ、目をあけた。

浅黒い肌をして上等な服を身にまとった男が、皮下注射器で掌を叩きながら心配そうに見おろしていた。もうひとり、不安げな黒い瞳でこちらを見ているのはあの女、ドロレスだ。

「だいじょうぶよ、トディ」彼女はこわばった笑みを浮かべた。

まばたきもせずに女を見かえしていると、記憶が戻ってきた。トディは注射器を持った男に視線を移した。

「あんた、医者か?」

「そうですよ、セニョール」

「どうした? 何があった?」

「ニコチン酸の注射をしました。強心剤としてね。あと三十分は安静にして、そのまま氷枕をあてていてください。そうすればだいじょうぶでしょう」

「何があったかと尋ねたんだが?」

医者はかすかな笑みを浮かべて肩をすくめ、早口のスペイン語でドロレスに話しかけた。トディはゆっくりとまぶたを閉じた。もう一度目をあけたとき、部屋にはドロレスしかいなかった。

「それで?」と彼は言った。「それで……?」

「しゃべらないで、トディ」ドロレスはベッドサイドの椅子に腰かけ、トディの額に手を置いた。「説明できることはあまりないの。それに――」

トディは頭をふってその手を払った。「あいつ、俺を殺そうとしたんだな?」

「気を失わせようとしただけ。あなたを始末するのはそれから……夜になってからだった」

「どうして?」

「今は話せない。私にもわからないことがたくさんあるの」

「いや、わかってるはずだ。アルバラードはなぜ俺を消そうとした?」

「アルバラードがやったんじゃないわ」

「ほう? じゃあなぜ――」

「もし彼だったら」女は言った。「あなたはもう死んでる」

トディは眉をひそめた。頭に刺すような痛みが走り、思わずうめき声がもれた。「そうか」と彼は言った。「しかし――」

「しばらく何も考えないで。体を休めるの。コーヒーをいれてきてあげる。そのあと、もし動けるんだったら、ここから逃げましょう」

「逃げる?」

「休んでて」ドロレスはきっぱりと言った。

強がってみせたトディだったが、ほんとうは休んでいたかった。十五分か二十分たっても、しぶしぶ起きあがったくらいだ。ドロレスが用意したコーヒーを受けとり、彼女が火をつけて渡してくれた煙草を吸いながら合い間にコーヒーを飲んだ。頭はまだずきずき痛んだが、緊張感は戻ってきた。

「つまり」と彼はカップを置きながら言った。「アルバラードは俺を消したがってるわけじゃないんだな?」

「それは明らかね」

「こういうことになるって、あいつは知ってたのか?」

「たぶん――たぶん知ってたと思う」

「あいつにどんな得がある?」

「言えないわ。その、私にはわからない、ってことだけど」

「わからない?」

「そうよ!」ドロレスがはねつけるように言った。だがすぐに声の調子を落として続ける。

「信じて、トディ。私にはわからない。でもすぐわかるわ。アルバラードが直接教えてくれるはずだから」

「アルバラードが教えてくれる、か!」トディはもらした。「どういう意味だ?」

「私はそのためにここにいるの。あなたを彼のところへ連れていくためにね。アルバラードはサンディエゴよ」

トディは手探りで煙草を見つけた。一本火をつけながら、マッチの炎ごしにドロレスをにらみつける。笑いとばすべきなのか、殴りつけてやるべきなのかわからなかった。こいつら、どれだけ俺をコケにする気だろう。

「やつはサンディエゴで何をしてる？」

「それも私にはわからない」

「こんな目にあったってのに、それでも会いに行かなきゃいけないのか？」

「そう言ったでしょ」

「いっしょに行くのを断ったら？　そしたらどうなるんだ？」

「どうなるかって？」彼女はうんざりしたように肩をすくめた。「どうにもならないわ。あなたは好きなところへ行ける。動けるんだったら今ここから逃げてもいいんだし」

トディは信じられないとでも言いたげに首をふった。「マジで言ってるみたいに聞こえるがな」

「そうよ。誰もあなたに危害をくわえたりしない……もちろん」ドロレスはつけくわえた。「楽しい状況にはならないでしょうけどね。おカネもほとんどなくて、警察に追われて、国外にいて……」

「でも生きてるぜ」

「議論しても」とドロレスは言った。「意味ないわね。あなたを説きふせろっていう命令は受けてないの。お願いしに来ただけ」

彼女は立ちあがっておんぼろのドレッサーに近づき、花柄のスカーフをつまみあげた。それを黒髪の上からかけて顎の下で結び、廊下へと一歩踏みだす。

「さよなら、トディ・ケント」

「おい、ちょっと待てよ……」

「何？」

「行かないとは言ってないぜ」トディは言った。「俺はただ――ああ、ちくしょう！」彼がいささかおぼつかない足で立ちあがると、ドロレスが急いで支えに来た。トディはその肩につかまった。思わず力がはいってしまったせいで、両手がやわらかな肉にめりこんだ。

「いいか――」ためらいがちに言う。「ホントのことを言ってくれ。俺はどうしたらいい？」

「私はあなたをアルバラードのところへ連れていくために来たの」

「俺はどうすれば――？」

「私が命令にそむいたらどうなるかしら。あなたがこのままメキシコにいたら」

「そうしろって言ってるのか?」

「私がそうアドバイスしたら、ってこと」彼女はじっとトディを見つめながら続けた。「そうしたらあなた、私にさからってアルバラードのところへ行こうとするかもしれないわよね? そうして、私がこんなアドバイスをした、って彼に教えるかもしれない」

「なんでそんなことをする?」

「あなたには私を信じる理由がない。事実あなたは、私なんか信じてないって態度を見せつけてきた。アルバラードと話をすればいいでしょ? そのほうがあなたには好都合かもしれないんだから」

ばつの悪さに顔を赤らめながらトディは手を放した。ドロレスが一歩遠ざかる。

「たぶん」と彼は言った。「そんなふうに思われてもしかたないんだろうな」

「そうね」

「でも、まちがってる。もしおまえを困らせたかったんだったら、あのときアルバラードに教えてもよかったんだぜ——その——」

「昨日の晩、私が警告したってことを? でもあなた、教えたかもしれないじゃない。あの家を出たあとにね」

トディは白旗をあげた。ドロレスの言葉にはひとつだけ揺るがぬ真実がある。何かがちらりと、信じてみろと促してはいたものの、トディが内心彼女をかけらも信じていないということだ。ドロレスはアルバラードの真意を知らないのかもしれない。知っているのかもしれない。しかし状況はどうあれ、彼女の言葉を信用するわけにはいかなかった。どんなアドバイスをされようと、その逆を選んだほうがいい。

「俺のコートはどこだ?」彼はぶっきらぼうに言った。「ここを出よう」

「いっしょに来るの?」

「わからない。一杯飲めば決められるかもしれないな」

……ふたりはトディが来た道を戻った。小物や土産物がぎっしり並んだ棚のそばをすりぬける。トディを襲った小男の姿はどこにもなかった。太った女はまだドアのところでキャンプ椅子に座っていた。

「奥さんにいい香水?」にこにこしながら女が言った。「旦那にいい財布?」

トディは渋面を作ろうと思ったが、善意にあふれたやさしくて無垢な表情を見ていると思わず口の端が持ちあがった。皮肉をこめてウィンクし、ドロレスを追って外へ出る。

朝ティファアナに着いてから何日もたったような気がした。しかしバーの時計は二時五分前をさしている。トディは奥のブースに陣取ってテキーラサンライズのダブルを飲み、もう一杯注文した。ちびちびやりながらテーブルの向かいにいる女を眺める。

「ところで」と彼は言った。「決心したよ」

「そう」

「いっしょには行かない。しばらくここでアタマを低くしてるさ。それから国境を越えて、あっちに戻って――」トディは唐突に言葉を切り、再びグラスをあおった。グラスの縁ごしに見えるドロレスの目がおもしろがるような微光をたたえていた。

「それから思いなおして」彼女が言った。「また南へ向かってメキシコに入るってわけね。そうでしょ?」

「そうかもしれないし」とトディ。「そうじゃないかもしれない」

「わかるわ。計画は秘密にしておいたほうがいいものね。じゃあ、私は行かないと」

ドロレスはブースの端へと体をすべらせ、ためらいながら何か言いかけるようなしぐさを見せたが、そのまま立ちあがった。トディもぎごちなく立ちあがる。彼女の唇が機械的にさよならを言おうとしたとき、ふと衝動に駆られて手をさしだした。

「昨日の晩はすまなかった」と彼は言った。「おまえがどんな役割を背負ってるのかはわからないが、できるかぎり正直にやろうとしてるんだよな」

「ありがとう」彼女はトディの手に触れようとしなかった。「あなただってやろうとしてるでしょ――正直に――できるだけ正直にね。いいことを教えてあげましょうか。あなたのためになること」

「楽しみだな」

「顔を洗いなさい。汚れてるわ」

そうしてドロレスは出ていった。背筋を伸ばし、木の床によどみなくハイヒールの音を響かせながら。後ろ姿を追っていたトディはバーテンの視線に気づいた。軽く首をふり、顎をなでてから男子トイレへ向かう。

トイレは店のいちばん奥だった。壁で仕切られ、換気の役には立たないくらい高いところに小窓があった。その向こうは裏道だ。典型的なティファアナのバーの「男便所」だった。黄ばんだ縦長の小便器がひとつに、個室がふたつ。古いタイプの水洗用タンクが天井近くに設置されている。エナメル塗装があちこち剝げたシンクの手前には木のテーブル。置いてあった男性化粧品類は品揃えに乏しく、逆にエロ関係の小冊子や葉書、予防用薬品や「ゴム製品」は各種とりそろえてあった。

「はいぃ、ミスター」――メキシコ人の若い店員が威勢よく飛びだしてきてトディの注意を惹いた――「いいところに来ましたね、ミスター。ほしいものはなんでも――」

「俺がほしいのは」とトディは言った。「石鹸だ」彼はテーブルから勝手にひとつとった。

蛇口をふたつともひねって手を洗い、もう一度石鹸をつけてごしごし顔をこすった。泡を洗いながしてから頭に水をかける。目を細めつつ洗面台から顔を離し、手に押しつけられたタオルを受けとった。

「ありがとよ」顔をふいて目をあけた。

「礼なんかいらないぜ」早口で言ったのはシェイクだった。

「それから、手はポケットの外に出しときな」歯を食いしばってドナルドが言った。

19

最後の忠告は必要なかった。一目瞭然だった。ひどいひっかき傷だらけのゴロツキふたり組は、どんな口実を作ってもこっちを殺す気だ。心配は殺したあとですればいいと思っている。激しい怒りがふたりを大胆にしていた。

シェイクが握っているのはブラックジャックだった——上向きに持ってぶらぶらさせ、いつでも殴りかかれる体勢だ。ドナルドはメキシコ人の店員を壁に押しつけ、ナイフを喉元につきつけていた。トイレのドアには閂がおりている。

「妙なマネはするなよ」シェイクが小声で言った。「なんにもしようとするな。俺たちから逃げても、まあそんなこたぁしねえだろうが、外にはウチのパチューコがふたりいるからな」

「誰かが入ってくるぜ」トディは言った。自分で聞いても妙な声だった。「ずっと閂をかけとくわけにはいかねえだろう」

「閂でも時間稼ぎにゃ充分だ。逆を向け」

「ここまでつけてきたのか?」

「どういうふうに見える？　逆を向けってんだ！」

嫌になるくらいの勢いでブラックジャックが肩へ打ちおろされた。トディは向きを変えた。

シェイクは慣れた手つきでトディのポケットを叩いて財布を見つけると、満足げな声をもらしながら中身をぬきだした。そして一瞬の沈黙があり、もう一度満足げな声が聞こえ、またしても「逆を向け」という指令が出された。

トディは向きを変えた。

「ここで何をしてる？」シェイクが詰問した。「どんなヤマだ？」

「ヤマ？」

ドナルドがいきりたって罵った。「こいつなんかヤっちまおうぜ、シェイク。ここで一日待ってるヒマなんてねえんだ」

「誰も押し入っちゃこねえさ」シェイクがトディをにらんだまま指摘した。「トディさんよ、どんなヤマだって訊いたんだがな」

トディは唇をなめた。言うべき言葉もなく、来るべき助けもなかった。ブラックジャックがふりおろされようとしていた。

「待ってくれ！」口を開いたのはメキシコ人店員だった。「俺が言います、セニョーレス！」

そいつはトディに向かって歯を光らせ、なだめるようなあたたかい笑みを見せた。謝罪の笑みだ。「すみません、セニョール、でも言ったほうがいいと思うんだ。こちらの旦那方、マジみたいなんで」

ドナルドが凄みをきかせながらうなずいた。「ハッタリかますんじゃねえぞ、小僧。吐け！」

「でも、もうわかってるでしょ、旦那方。そんなの、ほかには――アレしか――」

「アレって、なんだ?」

「白いやつだよ」トディは言い、メキシコ人をピンチから救った。「ここにいるダチが言ってるとおり、アレしかないだろう」

ドナルドが鼻で笑った。シェイクはいかにも偽善的な慈愛をあふれさせながらトディを見た。「まさかとは思ったがな」と彼は言った。「かわいいカミさんをバラして、信頼してる人間をひでえやりかたで裏切ったんだから、あとは破れかぶれだよな。ヤクかよ、チッ、チッ。国境を越えてブツを運びこむつもりか?」

「全然ちがうさ」トディはやりかえした。「化粧直しに鼻のあたりを叩こうと思ってな」

トディはブラックジャックの一撃でうしろによろめいた。シェイクが距離を詰めてくる。

「いいか」とやつはあえぐように言った。「アタマを使え。いい子にしてアタマを使うんだ。でないと、とりかえしのつかないことになるぜ。ブツはどこに隠してある?」

「俺は――」トディはトイレのあちこちへ視線をさまよわせ、一瞬、天井近くの水洗用タンクでとめてから再びシェイクを見た――「何マイルか離れた田舎に隠したよ」

「ガセネタつかましてんじゃやねえぞ――」ドナルドが言いはじめた。だがシェイクがそれをさえぎる。

「ボロを出しやがったな、トディ。おまえもヤキがまわったもんだ。あがって、とってこい」

「あがるって、どこへ?」

「さっさとしろ!」

「わかった」トディはためいきをついた。「あんたの勝ちだ」

シェイクはすぐうしろからついてきた。トディは手前側の個室に入ると、二枚の間仕切りのてっぺんに手をかけた。跳びあがって体を上にふり、間仕切りの一枚に膝を乗せる。水洗タンクから便器へつながっているパイプをつかんで体を引きあげ、トイレにまたがるようにして間仕切りの上に立った。

ドナルドの鋭い指令が飛び、メキシコ人はあわてて隣の個室で腹ばいになった。チビのナイフ使いが刃の部分を手にして、むりやりシェイクのそばに割りこんできた。

「ヘタなマネ、するんじゃねえぞ。手は届かねえが、ナイフは飛び道具にもなるんだからな」

「ああ」とトディは言った。「わかってるさ」

彼はタンクの重い磁器製のフタの端をつかんだ。声をあげながらずらし、体をうしろにそらす。

「手伝ってもらわないとな」トディは荒い息を吐いた。「こいつは――」

「おい、ちょっと待――」シェイクがかすれ声で言った。ドナルドがナイフを光らせながらすばやく反応した。だが遅かった。トディの計略をとめることはできなかった。逃げだすこともできなかった。

「――重いんだよ!」トディは言い、重いフタを力いっぱい下めがけて叩きつけた。見あげていたシェイクはそいつを大きな顔面でまともに受け、角のひとつがドナルドの鼻っ柱にあたって嫌な音を立てた。ふたり組は背中から個室の外へ倒れた。トディは急いで止まり木からおりた。

あわてる必要はなかった。メキシコ人店員は明らかに、トディの行動を最初から予測していたらしい。今や立ちあがり、トディがこれまでに見たなかで最もプロ級に卓越し、同時に最も冷静な蹴りを入れているところだった。シェイクのとこのパチューコだって、この試技には嫉妬しただろう。

無駄な蹴りは一発もなかった。ふたり組はそれぞれ腹に二発ずつくらい、結果、しばらく静かにしているしかなくなった。それからこめかみに一発ずつくらい、結果、さらに長いこと静かにしているしかなくなった。最後にこの蹴りをのちのちまで思い出にするため、顔面に三発ずつ。

「よし《ビエン》！」メキシカンはそう言って、にんまりトディに微笑んだ。「充分だよな、え？」そして動かなくなったヤクザどもの上にかがみこみ、ふたりの財布とトディの財布をシャツの下につっこんでからナイフとブラックジャックを拾いあげた。

「こんだけ迷惑をかけられたんだから」と彼はニコニコしながら言った。「ちょっとばかしお土産をもらってもいいだろ？」

「そのカネが」とトディは言った。「俺の全財産なんだ」

「で？　頼むからかえしてくれってか、セニョール？」

「そいつはちょっと」とトディ。「虫がよすぎるな……どうやったらここから出られる?」

「テーブルだよ、セニョール。窓の下まで引きずってって……手伝わなくてもいいよな?裏道には楽におりられるからさ」

トディはうなずいてからテーブルを窓の下へ引きずっていき、上に乗った――できるだけ多くの備品をわざと壊しながら。

「かまわんぜ、セニョール」メキシカンが穏やかに笑った。「ぜんぶ補償してもらえるんでね」

「だよな」トディも思わず笑みを浮かべた。「このガラクタどもはどうなる? 外のパチューコは?」

「あれだけの人間がここに入ったってのに」メキシコ人が解説した。「誰も出てこねえ。だからきっともうすぐ、俺の親父が怪しみはじめるだろうよ」

「おまえの親父?」

「バーテンだよ、セニョール。親父が兄貴を呼んできて、兄貴ってのはウェイターなんだけどな、兄貴がいとこをふたり呼んでくる。そいつら、警官でさ……」

「もういい」トディは窓に体をつっこんだ。「あとはわかってる。おまえの叔父貴の判事が九十日の刑を言いわたす。だろ？」

「いいや、セニョール」――メキシカンは裏道に飛びおりたトディの背中に声をかけた
――「短くても半年だろうな」

トディはあたりに注意しながら裏道を進み、大通りに出た。最後の煙草に火をつけ、包みを投げすてる。ポケットに手をつっこんで裏返しにし、持ち金を調べた。十六セント。五セント玉が三つと一セント玉がひとつ。これだけじゃ――。

誰かの手が彼の肘をやさしく、しかししっかりとつかんだ。青い制服の警官《サツ》が小銭を見おろし、それから彼の顔をのぞきこんだ。

「あんた文無しだな、セニョール？　浮浪者か？」

「ちがいますよ」トディはできるだけ落ち着いた口調で答えた。「サンディエゴのビジネスマンでね。休暇でちょっとこっちに来てるだけなんだ」

「そうは見えんな、セニョール。ビジネスマンが路地で立小便なんかするもんか」

「でも俺はそんなこと――」トディは口をつぐんだ。

「浮浪者だろうが立小便だろうが」警官は言った。「罰金は十ドル。払ってもらおうか」

「俺は――名前と住所を教えてくれよ」トディは言った。「誰かにカネを送らせるから」

「行こうぜ」そいつは愛想のかけらもなく言った。世界じゅうの警官に共通する作法だ。

トディは抗議しようとした。警官は間髪を入れず手を放し、ホルスターから六連発をぬいてトディの土手っ腹につきつけた。

「ここじゃ浮浪者は人気がないんだよ、セニョール。あんたの国でも同じだけどな。ずっと昔の話だが、あんたの国に行ったことがある。ああ、確かに不法入国だったが、誰もそんなことは気にしなかった。レタスの収穫が始まってて、俺は安い給料でも働いたんでな。だが、給料ももらえないし食いもんにあたったみたいだって言っても——カガーダ、つまりクソがとまらなくてな——やっぱり誰も気にしなかった。俺は不法移住者だった。それに浮浪者だった。長いことムショにぶちこまれたよ……浮浪者ってのはいい呼びかただよな。あんたの国で習ったコトバだ。さあ、行け。進むんだ《アンダ》！」

銃が背中にあてられた。トディは警官の前に立って路地を進み、メインの通りを越えてまた別の路地に入った。旅行者や観光客が彼の背中を見おくった——好奇心むきだしで、ニヤニヤえらそうに笑っている。メキシコ人の店番どもが戸口に立って物憂げに見物していた。憎しみに満ちた目をしているやつもいれば、グリンゴの窮地をおもしろがっているやつもいた。

トディは顎をひき、目の前の道にじっと視線を据えながら、えんえん歩いていった。メキシコの刑務所のことは、信頼できる筋から耳にしていた。一度入ったら、ブラザー、それきりだぜ。刑期の長さなんて、なんの意味もない。ようやく判決がおりる段になるまで、何週間、何か月、いや、ときには一年もかかるんだからな。ブチこまれて、そのままさ。ということは――ということはシェイクとドナルドも！……トディは足もとをふらつかせ、警官に銃でつつかれた。あのふたりを黙らせておく手立てなんて、あるわけがない。やつら、頭のてっぺんからつきぬけるような金切り声でイレインが死んだことやデッチあげのヤク取引のことを言いふらすだろう。そうなったら――。

どこかで執拗にクラクションが鳴った。車のドアがばたんと閉じられ、ドロレスが呼んだ。「ちょっと待って《ウノ・モメント》！」

警官が低い声でとまれと促し、さっと帽子をとった。「なんでしょう《シ》、セニョリータ」と彼は言った。「当地の警察の《ア・セルビシオ・デ》――」

最初のひとことを言いおえる暇も、次の二、三言を言いおえる暇もあたえられなかった。ドロレスが早口のスペイン語で三分ほどまくしたてると、やつはただ黙っているしかなくなり、次々と投げかけられる非難の雨あられに、少しだけ肩をすくめたり謝罪のしぐさを見せたりして応じるだけになった。

ドロレスがついにハンドバッグをあけ、腹立たしげに言った。「クアント?――いくら?」

警官は一瞬たじろいでから背筋を伸ばした。「結構です《ポル・ナーダ》」やつはそう言いのこし、さっさと姿を消した。

トディは言った。「ふう!」そして、「ありがとう」と。

ドロレスは興味なさそうにうなずいた。「私は行かなきゃいけないけど。いっしょに来る?」

トディはそのつもりだと答えた。「シェイクと手下がつけてきやがって、俺――」

「知ってる。ふたりがバーに入っていくのが見えたの。だから待ってた」

「待つ以外に」とトディは言った。「何かしようとは思わなかったのか?」

「たとえば警察を呼ぶとか? それとも私自身、乗りこんでいくとか?」

「確かにそうだな」とトディ。「行こう」

国境線が近づいてくると、ドロレスはダッシュボードからサングラスとチェックのハンチングをとりだしてトディに渡した。トディはそれを身につけ、バックミラーでざっと自分の姿をチェックした。間に合わせにしてはうまい変装だ。写真つきの逮捕状がまわっていたとしても、国境警備の目はあざむけるだろう。

所定の作業ではあったが綿密な検査を受け、五分間じりじりと待たされたあと、車はようやく国境を越えた。検査のあいだ、車をおりてトランクをあけろと言われ、その場の即興で——できるだけ時間稼ぎはしたのだが——名前と誕生地と職業をでっちあげなければならなかった。

カーブを切って検査場からサンディエゴへ向かう道へと出たとき、トディはすっかり汗まみれだった。スピードをあげながらサン・イシドロを越えるころ、ようやく帽子と手袋をとり、顔と額をぬぐった。

「ごめんなさい」とドロレスが言った。その声があまりにかぼそかったせいで、空耳かと思ったほどだった。彼女はほぼ真正面を見すえたまま、路面に集中していた。

「ごめんなさい?」トディは曖昧に尋ねた。

「腹を立てて当然だわ。私のことが信じられなくてもね。あなたはあたりまえの反応をしただけ。私がいなければ、こんな騒ぎにまきこまれることもなかったんだもの」

ふむ、とトディは思った。先を読んで手を変えてきたのか。だが彼はやわらかな口調でこう応じた。「いいんだ。自業自得だよ。俺みたいな男は、トラブルにまきこまれてないと生きてる気がしないのさ」

「そうなの?」

トディは一瞬だけ彼女を見て目をそらした。自分が悪いのだと、この女が本気で思っているはずがない。イレインが殺され、俺が第一容疑者になったのだからなおさらだ。そういったこともふくめ、何もかもがすっきりしないままだった。もちろんドロレスだって天使ってわけじゃないが……どうにも考えがまとまらない。こんな状況で、まとまるわけがなかった。

「わからないが」と彼は無愛想に言った。「そうじゃないかもな」

「なるほどね」ドロレスは平坦な声で答えた。

「いや——」——トディは言いよどんだ——「そうかもしれない。いろんな条件次第だな」

20

その家はサンディエゴのミッション・ヒルズ地区にあり、湾を見おろす扇形の土地に建っていた。片側はオールド・タウンへおりていく道。もう片側はパシフィック・ハイウェイまでうねりながらくだっていく別の道だ。家の前には複数の交差点があり、そのせいでいちばん近くの家まででも一ブロックの距離があった。裏手には当然、住居はない。あるのは急峻な崖だけだった。

トディはフロントルームに座っていた――ロサンジェルスのアゴナシの根城と同じく、ほとんど家具など置かれていない。もう十五分は、こうしてひとりで座っているだろうか。ふたりが到着するなり、アルバラードはドロレスに早口のスペイン語でまくしたてた――トディのように浅いスペイン語の知識しかない人間にはとうていわからないくらいの早口だった――するとドロレスは廊下を抜けて家の奥へ行ってしまった。アルバラードもひとことトディにことわってから彼女についていき、ドアを閉めた。一瞬ののち、別のドアを閉めるかすかな音が聞こえた。以来ずっと静寂が続いている――ほとんど。

一度だけ、遠くから叫び声が聞こえた気がした。それからすぐ、犬の吠える声。いや、そんな気がしただけだ。自信はない。トディは耳をすました。息をとめ、神経を集中させたが、同じような音はもう聞こえなかった。

待っているあいだに、イヤな感じがふくれあがっていく。部屋の隅には書類の散乱した机があった。彼とドロレスが着いたとき、アルバラードが作業をしていた机だ。トディはなぜか、そのときの光景に説明しがたい危うさを感じた。書類をもっとよく見てみたい。確かにリスクはあるが、数歩部屋を歩きさえすれば、ちらりと見ることはできるはずだ。

やってみよう、と思った。

注意深く立ちあがり、片目で廊下のドアを見張りながら忍び足で部屋を横切って、すばやく机に視線を落とした。書類の表にはどれも、きれいな手書きの数字が何列も並んでいた。ところどころ、何かの略語らしい文字も書きこまれている。理解不能だ。

「わからんでしょうな、ミスター・ケント」アルバラードが言った。「暗号表がなければね」

やつは微笑みながら入ってきて、後ろ手にドアを閉めた。奥の机に近づき、開いたまま背を上にして置いてあった小さな黒い手帳を手にとり、ぱらぱらページをめくってみせる。なかには細かい大文字がぎっしり書きこんであった。

「これがそうです。残念ながら、我々に残された短い時間で説明できるほど簡単なもんじゃありませんがね」

「じゃあ、やめとこうぜ」トディは相手の皮肉な口ぶりに対抗するように言った。彼が部屋の反対側の椅子へ戻って腰をおろすのを見ながら、アルバラードはにこやかに笑っていた。

「私の意中の人だったのに」アルバラードは机の椅子に座りなおし、謳うように言った。「どれほどがっかりしたか口では言えませんよ。いっしょに仕事ができないなんて……少なくとも今のところはね」

「できないのか?」トディは足を組んだ。部屋にはねっとりと香水のにおいが漂っている。おそらくアルバラードがつけてきたのだろう。

「できないんです。不幸なことにね。だがその話はまたあとで。せっかくお越しいただいたんだから説明しないと——説明できることはすべて説明しないとね。あなたには知る権利がある。それに私としては、さっきも申しあげたように最終的にはいっしょに仕事ができればと思ってる。不当な評価をされたままなのは、本意ではない」

「続けてくれ」トディは言った。

「あなたをティファアナに向かわせたあと、金の供給元に事実関係の確認をしました……奥さんを殺したと思われる人間です。思ったとおりの反応でしたから、あなたを殺せと命令したのもそいつです。チャンスがあり次第あなたを襲って、永遠に消せ、とね。命令の最初の半分が実行されたところで、私が介入したわけですよ。おかげでほしかった証拠が手に入りました」

「証拠だって？」トディは眉をひそめた。「わからないな」

「なに、単純なことだ！　あいつが奥さんを殺したのは——確信を持って言いますが——単にあなたを消すための手段だったんです。あなたを犯罪にまきこみ、そうすることで私をまきこみ、シンジケートをつぶして、自分は長いこと嫌気のさしていた義務から解放される。もうおわかりでしょう？」

「いや」とトディ。「わからんな」

「だが——」

「まあ」トディは首をふった。「ある程度はその話を信じてやってもいいさ。そいつはイレインを殺した。俺はあんたが犯人だと思った。もし俺がそいつの配ったカードどおりにプレイしていたら、自分であんたを追うか、それとも警察に駆けこむか……だがそんなことはしなかった。俺とあんたは矛をおさめた。ティフアナで俺を消しても、そいつにはなんの得もなくなったわけじゃないか」

「ふうむ」アルバラードは無意識に指で机を叩いていた。「言いたいことはわかります。それを思いつかなかったなんて、私は大バカだ……もちろん」彼はすみやかにつけくわえた。「今ひとつ動機がわからなかったのでね。復讐の念に突き動かされている可能性も、かなりありましたし」

「覚えてるか？」トディは言った。「あんた、俺のことを賢いヤツだと言ってくれたじゃないか。だから、からかうのはやめてくれ……そいつは俺をバラそうとした。それはそのとおりだろう。バラそうとしたことで、イレインを殺したのは自分だと証明してしまった。ではなぜ俺を襲ったか？　教えてやるよ。俺にちょっとでも時間をあたえたら、絶対に、犯人であることをつきとめられると思ったからさ。あんたもそう思ってたよな。だから海外から指令があるまでは、そいつの正体を隠しておかなきゃいけなかった。そして今度は、俺があれこれ思いつく前に、やつに容疑をおっかぶせておかなきゃいけなくなったんだよ」

「お願いしますよ、ミスター・ケント……」

「そういうことだったんだろ。そうじゃなきゃおかしいさ。もう、回りくどい話をする必要はなくなったよな？」

アルバラードは考えこむようにしてトディを見つめた。青白いサメ顔で悩ましげに眉をひそめていたが、やがて徐々にしかめっ面をゆるめてからうなずいた。

「よろしいでしょう、ミスター・ケント。もう秘密にしておく必要はない。あなたの言う男は私どもの役に立ってくれました……ウチの上層部の意見ですがね。だが今やそいつは自分の任務に幕をおろして、すぐにでもこの国を出ようとしている。もしかして――おそらく――どこかちがう場所でもそいつの使い道は見つかるでしょう。だがそれは、あなたには関係のないことだ。とにかく、あなたが正体を暴いて確認するころには、そいつはとっくに手の届かないところへ行っちまってますよ」

驚きで息が詰まりそうだった。今耳にしたことを、アルバラードはほんとうに言ったのだろうか。しばらくのあいだ、自分の耳が信用できなかった。トディが言葉を探しあぐねているうちに、アルバラードがまたしゃべりはじめた。

「あなたが混乱している理由はよくわかります、ミスター・ケント。こちらも同じなのでね。だが私にはどうすることもできない。我々の仮説は何から何までまちがっていたんですよ。あやしいと思っていたその男は、あなたの奥さんを殺した犯人ではない」

「嘘をつけ！」トディは激しく反論した。「殺していようがいまいが、そいつはあんたのボスたちにとって価値のある男なんだ。だからどんなことがあっても守ろうとする。それが真相のすべてだろ、ちがうか?」

「ちがいますね。あなたの言うボスたちは、そんなに軽々しく評価をくだしたりしない。その男は、こちらが反論できないくらい明確に、奥さんを殺していないことを立証したんです。残念な結果ですが、ウチのボスたちは今でもそいつを高く評価したままだ。かわりにこの私は——少なくとも今のところはですが——復讐心に燃えたあつかいにくい阿呆、ということにされてますがね」

「自分のセリフを忘れたんじゃないのか」トディはつきはなすように言った。「さっき言ってたばかりじゃないか——」

「仮定の話をしてたんです。あなたと同じく私も、仮説上の筋道を急ぎすぎた。だがその筋道が途中で消えて、万策尽きてしまった」

「俺が襲われたのは仮説なんかじゃないぞ!」

「殺されなかったことを感謝しないとね。いつまでもそこにこだわらないほうがいい。いい結果は生まれませんから」

トディは震える手で煙草に火をつけた。怒りにまかせて一服、二服と吸ってから、足で踏みつぶす。アルバラードは同情するようにうなずいた。

「怒ってますね。確かに私は、あなたが重要だと感じている情報を隠したままだ。ですが、逆にあなたが何かを隠していたとして、私がそこまで簡単に怒ると思いますか?」

「俺は何も隠しちゃいない」

「知るかぎりは、そうですな。それに私だって好きこのんで隠してるわけじゃない」

「何が言いたい」とトディは言った。「わからないぞ」

「あなたには、ほかの誰より奥さんを殺す機会があった。動機だって充分だ。計画殺人をするようなタイプじゃないだろうが、しかし、一時的に我を失って殺すところなら容易に想像できます。その手の犯罪はあなたの性格と大きく矛盾している。だから、あなたの意識ってやつが犯行を認めまいとしているのかもしれない……これももちろん、何から何まで推測です。私は何も知りません。知りたくもないと思ってる」

トディは一瞬笑い声をあげた。「なぜ俺が襲われたのか、教えてくれよ。そうすれば供述書にサインしてやってもいいぜ」

「当然の報いだったんですよ、ミスター・ケント。どうやって奥さんの死体を処理したのか言ってくれれば、襲われた理由も教えてあげましょう」

トディはなすすべなしといった感じで相手をにらみつけた。「そんなこと、信じちゃいないだろ」と彼は言った。「俺が殺したんじゃないのは知ってるはずだ。もしかしたらその男、つまりあんたに金を供給してる男だって、やっちゃいないのかもしれない。だが――」

「ええ、やってません」

「じゃあいったいどういうことだ？　どんなことを俺から隠そうとしてる？」

アルバラードが首をふった。ふりかえって机に戻り、暗号表の手帳を開く。「つまり、そういうことなんですね」アルバラードはつぶやいた。「おしゃべりしながら仕事することをお許しください」

トディは何か言おうと口を開いた。怒りといらだちのせいで思わず手が動きはじめたが、それも中途半端に終わった。彼は沈黙を守った――にらむまいとして相手をにらみつけながら。

暗号表には異様なくらい細かい文字が並んでいた。なのにアゴナシは眼鏡もかけずに、何の苦もなく調べを進めている。不可能だ――ありえない――だがやりおおせていた。それはいったいどんなことを意味するのか？　最初に会った瞬間から目が悪いことを強調したのはなぜなのか。ミルトの名刺が読めないふりをしたのはなぜなのか。そこにどんな理由が――。

「さて」とアルバラードが言った。「仮説は仮説好きにまかせておいて、我々は現実的な問題にとりくみましょうか。さきほどもちらりと申しましたが、我々はこの国での活動を無期限に停止しようとしている。だが再開はしたい。そのときが来たら、あなたにも利益の多い地位を見つけられるはずで……」

「そんなものいらない、と言ったら？」

「それはそちら次第だ。あなたがどんなことを言っても、我々の脅威にはなりえない」

「わかった」トディは言った。「続きを聞こう」

「今夜、寝台つき列車がこの街を出発します。直通列車ってやつですがね。個室を予約しておきました。ニューヨークに着くまで、個室から一歩も出なくてもかまわない。切符のほかに千ドルさしあげます。こちらからコンタクトするまで、それである程度は快適な暮らしが続けられるでしょう」

「どうやってコンタクトするつもりだ？」

「そんなのはどうでもいいことだ。あなたが出発するまでに手配しておきますよ。このアイデアですが、大筋では満足ですか？」

「ほかに選択肢はあまりないようだな」トディは言った。「だが、あんたまで国外に逃げようとしてるのはなぜなのか、そいつを教えてほしい。こっちはこれ以上ないくらいヤバい状況なんでな」

「あなたはもうそんな状況にない。今この時点で警察に目をつけられているのは、ほかならぬこの私なんですよ。我々の組織内にいるタレコミ屋は、あえてあなたの名前を当局にもらさなかったのでね」

「タレコミ屋？　誰だ？」

「そんな心配はしなくてよろしい」アルバラードは暗号表をめくり、文字列を鉛筆で追った。「タレこんだのは内部の不満分子です。そいつが我々に協力しはじめたのは」――アルバラードは「そいつ」という代名詞を引きずるように発音した――「我が国の豪勢な収容所にそいつの兄が政治犯として入れられていたからです。だが、その兄には死んでもらう必要があった。そいつは親戚から聞かされて肉親の死を知った。で、大きなまちがいを犯したんです。私を憎み、国を裏切った人間として告発するというまちがいをね」

トディはぼんやりうなずいた。視界に入っていたのは暗号表とアルバラードだ。見るんじゃない、と何かが警告していたが、そうすることができなかった。「なるほど」と彼は言った。「あんたにはいつかそいつがサツのイヌになるってわかってたんだな」

「すでになってますよ」アルバラードは渋面を作った。「気づいたのは昨日になってからですがね。最初、私への妨害工作は、兄が死んだことを耳にした直後から始まったんだと思いました。ところがそいつがちょっと口をすべらせたせいで、もう一か月も前から肉親の死を知っていたことがわかった。知っていながら何も言わずに通常どおり任務を続けていたんです。激しい怒りが理性を呑みこんでしまうまでね。そんなことをする理由は、明らかにひとつしかありません……ここまではわかりますね、ミスター・ケント？」

トディは何も言わなかった。アルバラードが机から目をあげた。「もしかして、退屈ですか？」

「なんだって？」トディは切りだした。アルバラードに質問されたまさにそのとき、ついに答えが見えてきた。すばらしく単純で、それでいて途方もない答え。「よくわからないんだが」平静を装って尋ねる。「タレコミ屋がいたってのに、あんたがＦＢＩに狙われてないのはなぜだ？」

「彼らがつかまえようとしてるのは、金の供給元だからですよ。その男はここに来る予定です——タレコミ屋にそうにおわせておきました——明日の夜ね。捜査官は有能ですから、ここには近づいてこない。私の警戒心を刺激するようなことはしないでしょう。そのときまではね」

トディは無意識にうなずきながら、心のなかではいまだに「目の悪いアルバラード」の謎を解こうとしていた……そうだ、と彼は考えた。最初からたどりなおしてみよう。まず俺が、ご友人の勧めで来ましたなんていう与太を飛ばして、それから名刺を渡した。あいつは俺を家に入れた。そして……こっちはしばらく何を言ったらいいかわからなくて、向こうもちょっとばかり凍りついたような感じになって、俺の仕事は何かと尋ね、名刺が読めないと言った。きっとあいつ、いや――。

頭のなかで何かがひらめいた。そうだ、当然じゃないか！　アゴナシは俺が誰かの命令であの家へ送りこまれたと思ったんだ。俺たちが出会ったのが全くの偶然だという事実がわかったとき、あいつは演技をして……。

アゴナシ野郎は暗号表を見おろしていたが、ふと顔をあげた。トディと目をあわせたまま視線をはずさない。死人のように白い渋面に、後悔のようなものがにじんでいく。

「だいじょうぶか?」トディは言った。

「だいじょうぶじゃありませんよ」アルバラードはそう答えて手をポケットにつっこみ、

オートマチックをとりだした。「思ったことが顔に出る人ですね、あなたは。タレコミ屋のドロレスと同じだ。いろんなことが、顔に出すぎですよ」

21

トディはいらだちながらも、無理に声をあげて笑った。「なんのつもりだ？　俺が何をした？」

「何をしたかじゃありません。これから何をするかです……それはもうおわかりでしょう。申し訳ない。あなたはもう、やりたいこともできなくなってしまった。私個人としては申し訳ないと思ってます。しかしこっちも命令を受けている身なのでね。その男は保護されなければならない」

「それでもわからない――」

「頼みますよ！」アルバラードが不機嫌に言った。「私がわかってるってことをあなたもわかってる。もうすぐ、あと数週間もしたら、すべてがどうでもよくなるはずだ。その男は消えてしまうでしょう。私に言わせれば、あなたはこの問題についてあまりに哲学的に考えるようになってしまった。だから――」

「殺人について、ってことか？」トディは当惑の仮面をかなぐりすてた。「コロシをやった男を、なぜ見過ごさなきゃいけない？」

「彼はやっていません。少なくともあなたの奥さんを殺してはいない」

「しかし――いいさ」トディは言った。「そいつはやってない。やったのは俺だ。それでいいんだろ?」

「少しもよくありませんね、ミスター・ケント。あなたは彼が殺したんだと思いこんでいる。だからそのように行動するでしょう。いろんな話が明るみに出て――多くの秘密があばかれる。そいつは許せない事態だ」

「何か忘れてるぜ」トディは言った。「俺がもはや、誰のトラブルにもなりえないってことをな」

「それを言うなら」とアルバラードが訂正した。「あなた自身のトラブルにはなりえないってことでしょう。そんなことはわかってますよ。それにあなたも私も、問題の男が危うい立場にいるってことをわかってる。さっきの話にも出てきたように、この男はまったく無防備です。あなたはきっとそいつを消そうとするでしょう、ミスター・ケント。そいつが奥さんを殺した犯人だと思っていなかったとしてもね」

トディは目を伏せ、肩を落とした。少し前屈みになって、悄然と膝に手を置く。

「やめておきなさい、ミスター・ケント」

「おまえは撃ちゃしないさ」トディは言った。「誰かに聞こえるかもしれないだろう」

「かもしれません」アルバラードがうなずく。「だが必要とあらば撃ちますよ」

「ひとつ訊きたいことがある」

「手短にどうぞ。それから、上体を起こして！」

「そいつがイレインを殺したんじゃないってことはわかってる。そのとき、俺といっしょにいたんだからな。でも誰かに殺させたんだろう？」

「ちがいます。あいつはそんなことなど絶対に望んじゃいなかった」

「じゃあ、こういうふうに考えてみようか。やつは時計が俺たちの部屋にあることを知ってた。で、誰かに取りに行かせた。イレインが抵抗して、その男が彼女を殺した」

アルバラードは首をふった。「使えもしないほどの大金を持ってるやつが、時計くらいでそんな面倒なことをすると思いますか？……ところで、もう質問はふたつめですが」

「わかった、じゃあ」トディは食いさがった。「イレインがそいつの秘密を嗅ぎあてて、脅迫しようともくろんだせいで――」

「奥さんはそんなことなどしていません」アルバラードが話をさえぎる。「さっきも言ったが、あの男はあなたの奥さんに死んでほしいとは思っちゃいなかったんだ。さあ、立って！」

「わかったよ」トディは慎重に立ちあがった。「客に別れの一杯、ってのはどうだ?」

「もちろんです」アルバラードはほんの一瞬もためらわなかった。「酒の棚はあそこ……

カラフェは重いですよ。投げようとしてもムダだ」

「投げようなんて思っちゃいないさ」トディは正直に言った。

「それから、グラスにたっぷり注ぐのはやめるように。あなたはまちがいなく、そのほうがいいんでしょうがね。飲むなら少しずつ、二杯に分けていただきたい。たとえあなたがグラスを投げつけても、いっさいなんの効果もないくらいに少しずつね」

トディはラウンジ沿いに横歩きして、隅の棚まで行った。入念にあたりを警戒しながらアゴナシ野郎に背を向け、カラフェを手にとる。

カラフェを傾け、一オンスの何分の一かのブランデーをタンブラーに注いだ。グラスを掲げて息をとめる。だがアゴナシも同じように息をとめていたらしい。そうでなくても微動だにせず、今も机のそばに立ったままだ。

トディはグラスをさげながら、上縁へ親指をすべらせ、加減しながら力を入れた。タンブラーがたわんだ。あと少し力を入れたら割れるだろう。だが、思ったように割れてくれるだろうか――それも、ここしかないというタイミングで。向きなおっている暇はなかった。動きながら一度で成功させるしかない。でなければアルバラードは撃ってくる。撃つしかなければそうするはずだ。

トディはもう一度グラスを置き、カチンと音を立てながらカラフェを傾けて二杯目を注いだ。そのとき、聞こえた。ほとんど気づかないくらいの、かすかな床のきしみ。グラスのあたる音でかきけされてしまうくらいの音量だった。

彼はグラスを持ちあげ、着実に力をくわえていった。突然、親指にかかる圧力が消え、空気が上向きに抜けていく音が聞こえた。割れたグラスをうしろへつきあげ、まさにその一瞬、体を低くしてかがみこむ。

グラスが手のなかで破裂した。腕全体が痺れた。アルバラードが痛みで大きな罵声をあげ、金属が床にぶつかる音がした。トディはしゃがんだままぎごちなく回転し、銃をとろうと身を投げだした。みぞおちにキツい蹴りが入った。動けなくなって倒れこむと、さらにまた一発。息ができなくなり、ショックで全身の神経が悲鳴をあげた。

アルバラードが銃を拾いあげた。だが手のなかですべったらしく、ひどい悪態をつきながら左手に持ちかえた。トディのほうへ近づいてくる。右手は滴る血で真っ赤に染まっていた。

「ひどい怪我だと思いませんか、ミスター・ケント？　だが心配は無用。すぐに包帯をまきますから。もうちょっとあとでね……こんなことをしてくれて、逆に感謝したいくらいだ。イヤだと思っていた仕事が楽しくなった」

やつは傷ついた手でトディの足首をつかみ、痛みに顔をしかめながら廊下のドアまでひきずった。「抵抗はやめておくんだね、ミスター・ケント。大きな動きもダメだ。たとえその場で死ぬことになっても、私は躊躇などしない……」

トディは抵抗などしなかった。できなかった。まだ必死で息をしようとしている状態だった。

「さて……」アルバラードはドアをあけ、トディを外にひきずりだした。荒い息をつきながら足で蹴って再びドアを閉める。「さて――」もう一度トディの足首をつかんでうしろむきに廊下を進んでいく。その目が狂気を宿して輝いていた。怒りで我を忘れていた。

「さて、わかるかな、ミスター・ケント……おまえは犬の仲間になるんだ。哀れな《ポブレ》ペリートの双子の兄弟さ。火葬場の親切な紳士が見なかったほうの犬だよ……ほんとうはドロレスに入ってもらうつもりだったんだが、なに、かまわんさ。重くなった分はどうとでも言い訳できる。その紳士によれば、ペットの持ちものをいっしょに入れてやるのがならわしらしい……寝床だとか……餌入れとか水入れ……たくさんあるさ。それに、あんなに大きな犬だしな……」

アルバラードはふたつめのドアをあけ、猛烈な勢いでトディをひきずり、思いきりドアを閉めた。アゴナシ野郎がどうして香水をつけてきたのか、トディはようやく理解した。

あたりにはクロロフォルムのにおいが重く漂っていた。窓はしっかり閉じられ、気分が悪くなるほど甘ったるい異臭が部屋に充満している。

アルバラードが足首から手をはなした。トディは上体を起こそうとし、うしろに倒れて頭をしたたか壁にぶつけ、うめき声をあげた。完全にうつぶせになったわけではなかったが、床に置かれたふたつの長い松材の木箱――棺桶がわりの箱をぼんやり見つめながら、そのまま倒れていることしかできなかった。アルバラードが楽しげに笑った。

汗をぬぐったせいで、手だけでなく顔まで真っ赤に染まっていた。まさに血まみれ。恐怖の血まみれ仮面だ。

仮面に皺がよって、そこに陰鬱な笑みが浮かんできた。やつは箱のひとつからハンマーをとりだした。手で重さを量るようにしながらじっとトディを見つめ、じわじわ近づいてくる。するといきなり大声で笑いだした。

「心配するな、ミスター・ケント。心配するようなことは、まだ起きない。まずはいいものを見せてやろう……」

彼はハンマーの爪の部分を箱とふたの隙間にさしこんだ。ハンマーを押しさげては、またさしこみ、こじあけていく。

「わかってないんだろうな、え?」アルバラードの息は荒かった。「こんな大仕事が――あといくつも残ってしまったのは、おまえのせいなんだぞ。どうせ国外に逃げるんだから、死体なんかここへ置いていけばいいじゃないか、って? 教えてやろう」――汗をぬぐって顔をさらに赤く染める――「計画にはつまずきがつきものだ。懸念すべき可能性ってやつだな。殺人は密輸より重罪だと見なされる。たとえあやまちや不運な出来事が起きなくても、このままだととんでもなく不快な事態になるだろう。おまえの国の小うるさいやつらが激怒して、新聞も声をあげてな。そうなれば最後は我が国だって、私の首をさしださなきゃいけなくなるかもしれない……」

彼はハンマーを置き、片手で棺桶のふたをひっぱろうとした。顔をしかめて注意深くトディを見る。目にしたものに満足してうなずきながら銃をポケットへ落とすと、今度は両手でふたをつかんで手前に引き、蝶番を支点にして大きくあけた。

「では」アルバラードはかがみこみ、それから「いや」と言って首をふった。「女は底に寝かさないとな。でないと……」

ハンマーを手にしてもうひとつの箱のほうを向き、ふたをとりはじめる。銃はまだアルバラードのポケットのなかだったが、その事実はトディにとってなんの意味もなさなかった。呼吸は先ほどより楽になったが、体はまだ麻痺したままだ。

「証拠か……」アルバラードは低い声で続けた。「だが微粒子にいたるまで、そんなものは何ひとつ残さない。灰は風がばらまいてくれる……確かに強い嫌疑は残るだろう。しかし証拠はゼロ。捜査は進まない」

勢いよくふたがあいた。アルバラードは女を抱えて箱から出すとしばらくじっとしていたが、肩をすくめて彼女をベッドへ放りだした。「まだ生きてるな。まちがいなく犬も同じだろう。だが、かまわん。スポンジをもうひとつ用意しよう。あと数時間はそれで眠ったままのはずだ」

アルバラードが向きを変えはじめた。トディの視線をとらえ、大マジメにうなずいてみせる。

「そうだ、そのとおりだ。すでに重量オーバーだからな。服の重さなんてたいしたもんじゃなくても、脱がせないといけないな」

やつは彼女の靴を脱がせて床に落とした。それからストッキング。ドレスの襟もとをつかみ、一気に荒々しく引き裂く……次にブラジャー。そうして……そうして。

アルバラードは曲線を描いて横たわる裸体を、品定めでもするかのようにちらりと見おろし、トディに向かって悪意ある笑みを浮かべた。「そそられるだろうな」とやつは言った。「残念ながらおまえは動けない。だが私のほうは……きっとおまえも楽しめるよな、ミスター・ケント？　私の快楽がそっちにも伝わるんじゃないか？」

「こ――この」トディはあえいだ。「クソッタレが……」

「もう少し蹴りを入れてやる必要があるな」アルバラードが言いはなった。「ドロレスのほうは、犬といっしょに寝かせてやろう。哀れなペリートだって、その資格はあるはずだよな、ミスター・ケント？　私の都合でいやいや死ななきゃならなかったんだ。それくらいのご褒美はもらっていいだろう……もっと小さくて、しゃべれなかったら、私だって……」

アルバラードは膝をついて無念そうに犬を見おろした。腕を体の下にさしこみ、血の出ている手でぼんやり頭をなでる。

「哀れなペリート《ポブレ》」彼はつぶやいた。「悪かったな」

犬が体全体をびくりと震わせた。舌がだらりと垂れてきてアルバラードの手に触れた。舌を押しつけて手をなめている。

「無残なことだ」アルバラードが小声で言った。「死にかけているのにな。生きかえらせてやろう。息を吹きこんでやる。そして、また殺してやるよ……」

彼は唐突に立ちあがって目もとをぬぐい、ベッドのほうに向きなおった。ドロレスを抱えあげ、もともと彼女が入っていた棺桶へ乱暴に戻した。

「さあ」再び犬の上にかがみこみながら言う。「もうすぐ終わるからな」

今度は両手を黒く巨大な体の下にさしこんで、うなり声をあげながら背筋を伸ばして立ちあがった。犬がかすかにまぶたをあけた。バカでかい顎が物憂げに大きく開いていく。

アルバラードが顔を近づけた——深紅の顔を。

いきなり犬の顎が閉じられた。

血のにおいだ……夢のように、いや悪夢のように、ロサンジェルスの家での光景がトディの脳裡によみがえった……シェイクとドナルド。やつらの顔からも血が噴きだしていた。アルバラードが跳びかかろうとする犬を抑えて……。

アルバラードは背中を丸めたままよろめいた。拳をふりまわして犬を殴り、くぐもった苦しそうな悲鳴をあげている。身の毛もよだつハミングだ。「うううううう？　うううい、い、ゔゔゔゔゔ！……」

トディも叫んでいた。四つんばいになって前進し、犬の足をつかもうとする。なぜこんなことになってしまったのか、そんなことは今やどうでもよかった。わかっていたのは、とめなければいけないということだけだった。

部屋で轟音が鳴り響き、トディは腹ばいになった。アルバラードは銃を握っていたが、狙いが定まっていなかった。痛みに狂いながらスローなワルツのテンポで回転し、体をふたつに折ってオートマチックで壁を掃射した。犬もいっしょにワルツを踊っていた。眼を閉じ、顎で食らいついたまま。後肢で床をひっかく音がカチャカチャと聞こえた。

突然アルバラードが右腕を体の横につきだした。犬が動き――アルバラードもいっしょに動き――銃口が揺れ、ドロレスのほうを向いてぴたりととまった。

どうやってそんなことができたのか、トディにはさっぱりわからなかった。記憶にも残っていない。だが彼はなんとか両足で立ち、血まみれで骨張ったアルバラードの手首をつかんでいた。体重を前にかけたとき、耳をつんざく破裂音がスタッカートで何度も続けて聞こえた――そして、ガラスが割れ、閉じたカーテンの向こうで窓枠が砕ける音。

するとどこかそんなに遠くない場所から、エンジンをふかす音と荒れ狂うクラクションの音がした。

トディはふらふらとあとずさってベッドにへたりこんだ。

アルバラードと犬は床に倒れたまま動かない。犬の前肢が片方、アルバラードの肩にかかり、アルバラードの左手は黒い毛並みの上にあった。犬はようやく顎をゆるめていた。食らいついたところには、何も残っていなかった。

トディは突然背中を丸めて嘔吐した。めまいが消え、再び頭が冴えてきた。

ここから逃げなければ――ベッドの端を握りしめ、体を引きおこす。けたたましい発砲騒ぎだった。弾が車をかすめたような音もした。警官どもが通報を確認するまでに少々かかるかもしれないが、確認したときには……いや、そのとき俺はここから消えている。アルバラードはカネを所持していた。かなりの額だ。コンバーチブルの鍵もスイッチの脇にかけてある。警察が非常線を張るころには、俺はもうティフアナを越え、ロサリータ・ビーチの南の漁村へ向かっているだろう。ある程度のカネを出せば、そこから中央アメリカへの道がひらけるはずだ。

もちろん、このあと一生逃げまわることになる。イレイン殺しの謎も解けないままだろう。だがしかたがない。戦えないなら逃げるにしかずだ。

トディは立ちあがった。目をそむけたままアルバラードの死体の上にかがみこみ、やつが持っているはずのカネを探しはじめる。だが何かが気になってふと手をとめた。背筋を伸ばしていらだたしげに肩をすくめ、再びうずくまり、罵りながらまた腰をあげた。

女を抱えあげてベッドに寝かせた。陽焼けした顔を赤らめながら、シーツの片側をひっぱって体にかけてやる。

してやれるのはこれですべてだ。俺は医者じゃない。それにドロレスはだいじょうぶだ。きっと……。

親指と人差し指を彼女の手首にあててみた。

最初は脈がとれなかった。だが、不規則でかすかな拍動が何度か伝わってきた。強くなったと思ったらまた弱くなる。

トディのあげた声は静寂に呑まれていった。怒りと鬱憤に満ちた声。誰も来ないのだろうか。来ても間に合わないのだろうか。来るかもしれないし——来ないかもしれない。ドロレスは危うい状態だった。あと少しで手遅れになってしまう。

彼はドロレスの手を放し——ほとんどはねつけるようにして——それからフロントルームへ急いだ。靴底でガラスの破片を踏みつぶしながら、ブランデーのカラフェをつかむ。だが指をゆるめた。落ちたカラフェの中身がごぼごぼと床にこぼれていく。

こんなこと、わかっていたはずじゃないか。イレインの医者と話をしただろう。アルコールは刺激剤じゃない。鎮静剤だ。麻酔だ。クロロフォルムと併用すればほぼ確実に死にいたる。

キッチンへ走り、勢いよく食器棚をあけた。アンモニアはない。気付け薬に使えるようなものは見あたらなかった。

レンジが目に入った。奥のコンロにポットが置いてあった。コーヒーが半分入っている。コーヒーが温まるのを待ってポットとカップをつかみ、急いで寝室に戻った。ベッドサイドに膝をついてカップを満たし、ポットを床に置いてドロレスの頭を支えてやった。

頭がぐらついたせいでコーヒーが唇からこぼれ、顎と首をつたった。

左脇に手を入れて体を包みこむようにし、頭を自分の肩にもたせかけた。コーヒーをカップに注ぎたす。

今度はいくらか飲みこんだようだった。しかし彼女は体を震わせ、苦しそうなあえぎ声をもらした。あわててカップを遠ざける。あせりすぎだ——あせって飲ませちゃいけない。注意しないと窒息させ、それこそ溺死させてしまう。

トディは一分だけ待って——まるで一時間に思えた——もう一度カップを唇にあててやった。心のなかでスプーン一杯分の見当をつけ、喉が動いて飲みこむまで待つ。さらにスプーン一杯分。そうして待ち、飲みこんだのを確かめる。

ゆっくりと、少しずつ、顔色が戻ってきた。もうだいじょうぶかもしれない。そうすれば……トディは脈をとった。ためいきをついて、さらにカップを満たす。

スプーン一杯分ずつ飲ませてほとんどコーヒーがなくなろうとするころ、脈が戻ってきた。しっかり手に伝わってくる。一時的にとまったり不規則になったりはしたが、一拍ごとに強くなるのがわかった。

トディが腕をぬこうとすると、ドロレスはしっかり脇を締めた。眠そうに動いていたまぶたが開いていく。

「もうだいじょうぶな——」トディは切りだした。

「あなたは……だいじょうぶなの、トディ?」

「ああ、もちろんだ」そう言ったとき、なぜか恥ずかしくなった。「聞いてくれ。俺はここから逃げなきゃいけない。アルバラードは死んだ。もうすぐサツがやってくる。俺は――」

「でも警察は何も知らないわ……」

「すぐにバレるさ!」なぜ反論しているのか自分でもわからなかった。なぜさっさと逃げてしまわないのかも、わからなかった。「とにかく、それ以外にもいろいろあるんだ。俺は五つ六つの街で――お尋ね者になってて――」

ドロレスがトディの首に腕をまわし、もういっぽうの手で彼の手を自分の胸におしつけた。今や心臓はしっかり脈打っていた。しっかりと、そして速く。

「言っただろ、俺は逃げなきゃ――」

唇が次の言葉を閉じこめた。ドロレスは彼を引きよせながら、枕に頭を沈めた。

……最初はかすかだった警察のサイレンがうめき声になり、金切り声になった。距離がどんどん詰まっている。

だがトディには何も聞こえなかった。

留置場にぶちこまれてから三日目の昼過ぎ、彼はなかば隔離された部屋の隅に座って、自分の置かれた状況を熟慮していた。

連邦当局の指図で身柄を拘束されたことはわかっていた。殺人事件の捜査はほかの何より優先される。ということはつまり、イレインの死はまだ発覚していないのだろう。そんなことが可能だろうか。アルバラードは、俺たちの部屋に刑事がいるのをその目で見たと言っていた。しかし事実は事実だ。俺の容疑は——殺人じゃない。それはありえないはずだ。まだ今のところは。

密輸組織の金の供給元がミルト・フォンダーハイムであることも自明の理だった。イレインを殺させたのも、ほぼまちがいなくミルトだ。殺した理由は不明だが、密輸組織に関しては議論の余地などない。ミルトなら、さっさと俺を消したがって当然だろう。しゃべる犬の家を最初に訪れてからここまでで、チビの宝石商の正体を暴くためのヒントはほとんどそろった。

あの日俺は友人からの紹介だと言って、ミルトからもらった名刺を出した。そしてアルバラードは、何かの策略ではないかと怪しみながら俺を招きいれた。もちろんやつには、俺がミルトの不法取引について何も知らないことがすぐにわかったにちがいない——偶然あの家を訪れただけ。しかしアルバラードは最悪の事態に備えた……視力の「悪い」目だ。名刺も読めないくらいの目。そうしておけば、トディのこれまでの罪状をアルバラードに教えたのはミルトではないということになるわけだ。

巧妙なペテンではあったが、ひとつ大きな欠陥があった。無理にでも説明する必要があればだが、ミルトとつながっていることをアルバラードが教えたくなかった理由はただひとつ。ミルトが組織の鍵となる存在だったからだ。金の供給元。表向きの商売もやっている以上、ミルトは当然店に縛られることになる。だとすれば、供給元以外の役割などやれるわけがない。

トディの指がカーキ色の囚人服の胸ポケットを無意識にまさぐった。だがそこにはなにもなかった。煙草もなし。カネもなし。留置場で出されるものは、コーヒー以外ほとんど何も触れる気がしなかった。しかしそんなツラさも、ツラい時間を送らなければならなくなった理由に比べればまだマシだった。ムショ送りになるわけにはいかない。今はダメだ。刑期は長いものになるだろう。打つ手があるとすれば——。

今ごろはサツも俺の記録をとりよせているはずだ。どこでお尋ね者になっているのか、どれくらいの罪状なのか、すべて知っているにちがいない。六十日。九十。百と十。六か月。一年以上……。そしてイレインの件。そうだ、やつらが俺を殺人でつかまえようとしているなら、ほかの容疑のことを心配してどうなる？

トディは事実を受けいれ、どうすればこの苦境から逃れられるかを考えた。たとえば、思意図せず殺してしまったと主張したらどうだろう。イレインにボトルで殴りかかられ、思わずカッとして殺してしまったのだとしたら。計画的にではなく。激情のあまり。だったら故殺だ。腕のいい弁護士なら第二級故殺にしてくれる。運がよければ五年で出られるだろう。

その五年のことを考えてみた。そしてドロレスのことを考え、心のなかから彼女のことを締めだした。ドロレスのことなど考えていたら、ムショ暮らしがさらにつらくなる。もう少し早く出会えていたら。もしかしてもう二度と彼女とは……もう二度と……。

留置場では一日じゅう、男たちが楕円を描きながら歩きまわっていた。静かにせわしなく、ぐるぐると回りつづけていた。ひとりが抜けると、もうひとりが列にくわわった。人員は百回変わっても、楕円自体にはなんの変化もない。

「ケント！」

楕円が動きをとめた。すべての瞳が床を見ていた。

「トディ・ケント！　前に出て中央へ！」

トディは立ちあがり、ズボンの尻をはたいてからほかの囚人たちのあいだをすりぬけた。

財務省捜査局局長、クリント・マッキンリーは、がっしりして、見た目温厚そうな男だった。薄くなった赤毛の頭と、やわらかく親しみのある声。最初ちらりと値踏みしたかぎりではトディよりさほど年上には見えなかったし、キレ者だとも思えなかった。だがそんな評価はすぐに変えざるをえなくなった。

マッキンリーはトディをデスクの前の椅子に座らせ、煙草の箱をほうってマッチで火までつけてくれた。それから腕を組んでデスクにひじをつき、トディの目をまっすぐ見ながら話を始めた。ドロレスについて。いや、マッキンリーの呼びかたに従えば、ミス・チャベスについて。

「あの女性にはほんとうに感心させられたよ」とマッキンリーは言った。「自分がかなり危険な状態になることもかえりみず、正しいことをしたんだ。見返りも期待せずにね。だから我々も正しいことをしようと思ってる。彼女は学生ビザでこの国にいる。市民権がとれるよう、はからってやるつもりだ。我々の力でやれることは、ほかになんでもな。いろんなことができるはずさ」

トディはうなずいた。「そりゃうれしいね。あれはいい子だからな」

「で、おまえのことだ」とマッキンリーは言った。「記録は詳しく調べさせてもらった。なかなかのもんだな。こういう商売を始めてからずっと、同邦の人間に次から次へとウマい話をもちかけて餌食にしてきた。軍隊に入って名誉挽回するチャンスがあったってのに、それもムダにしちまった。人を裏切る。忠誠を誓った国旗の権威をひきずりおろすようなマネをする。根っからの悪人だ。他人を思いやる誠実な行動なんか、これまで生きてきて一度もしたことがない」

やわらかく親しみのある声は、そこでとぎれた。トディは大儀そうに椅子から立ちあがった。「お説教をありがとうよ」と言う。「聖歌の時間までいなくていいよな」

「座れ、ケント」

「ふん。あんたら束になっても、立件なんてできないぜ。こんなに長いこと俺をブチこんどく権利なんてないはずだがな」

「ほかの筋で抑えとくことはできるだろう」

「じゃあ、そうすればいいじゃないか」

「まあ、あせるな」マッキンリーは言った。「そうやってヤケになるやつを見ると、いつも困っちまう。たぶん私が先を急ぎすぎたんだろうな。そうだったら、あやまるよ」

トディは再び腰をおろした。最初からそうするつもりだった。マッキンリーに鼻面をひきずりまわされたら、心理戦で不利になると考えただけだ。

「実際のところ」とマッキンリーは続けた。「話をいささか端折りすぎたかもしれん。サンディエゴでおまえはミス・チャベスを助けようとした。さっさと逃げてもよかったのにな。それはおまえにとって有利な事実だ。もちろん、自分勝手な動機があってとどまったのかもしれんが、しかし――」

「がんばって考えてみろ」とトディ。「そしたら動機くらい見つかるだろうよ」

「調子に乗るんじゃない」マッキンリーの瞳がきらりと光った。「私とうまくやっていきたいのか、そうじゃないのか、ケント？ もしそうじゃなかったら、言ってくれ。チンケな詐欺師と議論するより、ほかにやるべきことはたくさんあるんでな」

トディは生唾を飲みこんで、気をひきしめた。心理戦に関しては、相手を甘く見すぎていたらしい。少なくとも、ちょいとばかり。ここが我慢のしどころだ。これ以上こいつを怒らせちゃいけない。

「あんたも自分の仕事をしてるだけなんだろうが」と彼は言った。「でもやりかたがまちがってるぜ。そんなことじゃ俺はほだされない。時間のムダだよ。だから作戦を変えて、もう一度最初からやりなおしてみちゃどうだ?」

「この組織に金を供給していたのは誰だ、ケント?」

「知らないな」

「見当はつくだろう」

「たぶん」

「じゃあ、聞かせてもらおうじゃないか。さあ。言うんだ」

「イヤだね」トディは応じた。

「取引したいんだな? わかった。ナメた態度をとらなきゃ、できるかぎりのことをしてやろう」

「そういうのは」とトディ。「俺に言わせりゃ、取引じゃねえな」

「もう一度チャンスをやる、ケント。こっちはおまえが何も知らないと思ってるが、あえてチャンスをやるよ。ことわったら、これから三年はムショめぐりだぞ」

トディは嘲るようににやりと笑った。三年かよ！　マッキンリーは笑みの意味を誤解したようだ。デスクのボタンをぐいと押すと、副看守長が戻ってきた。

「連れていけ」マッキンリーは言った。「閉じこめて、鍵は捨てろ。もうこいつは必要ない」

看守がトディの肘をつかんだ。トディは立ちあがり、いっしょにドアまで行った。吐きそうだった。これしかないやりかたでカードを切ったのに、うまくいかなかった。負けは決まりだ。

「ケント」

看守が立ちどまり、トディをつついた。トディはふりかえらなかった。何も言わなかった。口を開くのが怖かった。

「これが最後だ、ケント。そのドアを出たら、二度とチャンスはない」

トディはためらい、肩をすくめた。一歩ドアに近づき、ノブを握りしめる。ノブを回した。うしろからマッキンリーが親しみのある声で、しかたなさそうに笑うのが聞こえてきた。

「わかったよ。戻ってこい。所長、私はもう少しケントと話をする」

看守が出ていった。トディは掌にべっとり汗をかいたまま椅子に戻った。

「よろしい」マッキンリーが穏やかに言った。これまで何事も起きなかったかのような調子だった。「仕事のやりかたがまちがっていると言ったな。そうかもしれん。もう十五年間この仕事をやってるが、毎日新しいことを学んでるからな。どこがまちがってるのか、教えてくれ」

「俺から確かなことを聞きだしたいみたいだが」トディは言った。「そっちからは確かなことを何も言わないじゃないか」

「約束はできない。できるのは、あちこちに睨みをきかせることぐらいだ」

「それで充分だよ」

「じゃあ、決まりだな。経歴はきれいにしといてやろう」マッキンリーは微笑んだ。「どこかで人を殺したりはしてないな？　そいつばかりは、どうにもならないぞ」

トディは首をふった。「コロシはやってない」

「よし」とマッキンリー。「さて、整理してみようか。おまえは金を買ってた。偶然――偶然のふりをしたのかもしれんが――価値のある時計を手に入れた――純金のかたまりだ――アルバラードの家でな。アルバラードは調べを進めて、おまえが追われてることを知って、仕事をもちかけてきた。もし断られたら、おまえを脅して――」

マッキンリーはそこで言葉を切って、非難するようなしぐさをした。「たぶんな」と彼は言った。「ミス・チャベスは事実を正確に把握してないみたいだ。おまえが話をしてくれたほうがいいと思うんだが」

「あいつはきちんと把握してるぜ」トディは言った。

「どうしてティフアナへ行ったんだ、ケント?」

「アルバラードにそう言われたんだよ。俺は」——トディは咳をした——「あそこへ行ってやつを待ってるはずだった。理由は教えてくれなかったがな」

「もうちょっと咳でもしたほうがいいんじゃないか」マッキンリーがほのめかした。「そうすればもっといい話を思いつくかもしれん」

「いや」とトディ。「この話はほんとうだと思っといたほうがいいぜ。味方をあざむくには、それなりのルールってもんがあってな。たとえ俺が少々の金を持って国境を越えたとしても、持ってることは教えないほうがいい、って寸法さ」

「ふううむ」マッキンリーは物憂げに言った。「おまえはどうしてアルバラードがそこへ行かせたがったのか、知らなかった——質問できる立場にはなかった。だから行ってみたら、襲われた。そしてもしアルバラードが介入しなかったら、殺されていた」

「そのとおり。そういうことだ」トディは言った。「アルバラードはすべてが終わってから、どうして俺をティフアナへ行かせたかったのか、教えてくれた。金の供給元を誘いだすためだったんだ。そいつとカタをつけようとしてたわけさ。だから俺がティフアナのこういう場所にいる、ってことをそいつに伝えた。俺を消しにかかるだろうと思ってね」

トディはそこで口を閉ざした。落とし穴が近づいていることに気づいたからだ。イレインのことに触れずに、もっともらしい作り話をするにはどうすればいいのだろう。

「真実を口にしようと思ったことはあるのか?」マッキンリーが言った。「何から何までほんとうのことを言ってみたら、楽しいかもしれんぞ」

「言おうとしてるさ」トディはしかつめらしく眉をひそめた。「だが、かなりこんがらがった話なんでな。自分でも完全にわかってないことを説明するのって、難しいんだよ。アルバラードはあの男を狙ってたが、手を出すなと上から言われて、ひきさがらなきゃいけなかった。アルバラードはまだ俺に何も教えちゃくれなかった。だからこっちは勝手に推測するしかなかったわけさ」

「言いかえれば、おまえは金の供給元が誰だか知ってたんだな?」

「そいつはそう思ってた――もしくは、俺にバレるだろうと思ってた。俺を消そうとした理由は、それ以外に考えられない」

マッキンリーはずんぐりした指で薄くなった赤毛をかきあげた。ためいきをついて立ちあがり、窓のほうを向く。ズボンのポケットに手をつっこんで通りをじっと見おろし、踵で支えながら体を前後に動かした。

「間尺に合わんな」と窓に向かって言う。「それは、おまえが何かを隠してるからだ。なぜだかはわからんがな。ただ、私にもかなり自信を持って言えることがひとつある。金の供給元が誰なのか、おまえが知ってるってことさ」

「知ってるとは思ってるよ」

「最初は思ってるだけだったが、そのうちつきとめたんだろう？　アルバラードの言ったことややったこと――サンディエゴのあの家で何かを目にして――それで気づいたんだ」

マッキンリーは座りなおし、再びデスクにひじをついた。

「知ってるってことと証明できるってことは、まったく別もんだぜ。たとえばの話だが、俺がその男の名前と住所を教えたとしよう。あんたは出かけていく。でも何も見つからない。その男も口を割らない……」

「そいつはこっちの問題だ」

「それでも約束してくれるのか？　俺の情報が役に立とうが立つまいが、過去を消してくれるのか？」

「まあ、そりゃ、そのな」——マッキンリーは両手を広げた——「そこまで期待されても困るが。思いつきの名前と住所を教えてもらっても——それじゃあ——そうだな」マッキンリーは言った。「ううむ」

マッキンリーは椅子の上でもぞもぞ動きながら、デスクに置いた書類を眺め、無意識にいじっていた。すると突然目をあげた。「ミルト・フォンダーハイムだろう！　嘘はつくな！　証明だってできるんだ！」

トディは笑い声をあげた。しばらくするとマッキンリーもにやりと口の端をあげた。

「自分からフォンダーハイムの名前を出さなくて、おまえにとってはよかったな。もしそんなことを言いだしてたら、また騙そうとしやがって、と疑ったところだったよ」

「デッチあげの犯人だったら、ミルトより適役はほかにいるさ」トディは言った。「みんなわかってることだが——」

「我々にはわかってる。みんな、ってのはどうでもいい。どうやってやつを釣りあげるつもりだったんだ、ケント？」

「アルバラードの件は新聞にはまだ出てないんだな?」

「まだ何も。どれくらい抑えておけるかは、わからんが」

「必要なものがいくつかある。銃と、いくらかのカネと、車。それから数日の猶予。会わなきゃいけないやつらが、何人かいるんでね」

「なぜ?」

「あんたが俺に」トディは淡々と言った。「尾行をつけてないことを確認するためさ。つけられてるのがわかったら、その時点で話は終わりだ」

「どうして? 何か企んでるんじゃないだろうな?」

トディは説明した。もっともらしい調子で、ありったけの誠意をこめた。マッキンリーがこの話を信じなかったら、もう何も信じちゃくれないだろう。そう思った。

「それが俺のやりかたなんだ」彼はしめくくった。「あいつは現ナマをたっぷり持ってるはずだ。俺はあいつを拉致して、カネをぶんどるフリをする。それから車に押しこめて、街はずれまで走る。これも偽装だが、どこか、やつを消して死体を隠す場所を見つけるためにな」

「わからないのはそこだ。どうしてあの男を消そうとしなきゃいけない?」

「そう思ってたほうが自然だからだよ。誰かが殺されたら」——トディは言いよどんだ——「誰かに殺されかけたら、報復するのがあたりまえだろう。やつはきっとゲロっちまうさ。知ってることは全部吐く。ピンチから逃れようとしてな」

「なるほど。そうかもしれん」マッキンリーは言った。

「だがそのためには、俺ひとりじゃなきゃダメなんだ。尾行はナシ。あんたと組んでるってことを、ちょっとでも匂わせるようなことはしちゃいけない……わかるだろう？　俺があんたを裏切ってるように見せかけなきゃいけないんだよ。でないとあの男は話さないし、どうやって毎週、金を何ポンドも手に入れてたのかわからなくなっちまう——あいつがやったんだっていう証拠が見つからなくなる。そうしたらそっちだって——」

「仮定の話だが」とマッキンリーは言った。「おまえがほんとうに私を裏切ろうとしてたら？」

トディは肩をすくめて椅子の背によりかかった。マッキンリーはまばたきしながらこちらをにらんでいる。

「私もどうかしてるな」マッキンリーがようやく口を開いた。「車とカネをやって、尾行もつけず、しこたま現ナマを持った男を追わせるってわけか。おまえみたいな男に、そこまでお膳立てしてやるとはな。どこからどう見ても理屈に合わんじゃないか」

彼はデスクのボタンを押して立ちあがった。トディもいっしょに腰をあげた。話は以上。議論はおしまいだ。

「この仕事についてまだ十五年なのに、もう、どうかしちまったってわけだ」とマッキンリーは言った。「所長、こいつをいったんブタ箱に戻して、外に出られるよう服を返してやってくれ。こっちからは釈放に必要な指示を出しておく」

部屋を出ようとするトディに向かって、マッキンリーが最後のひとことを放った。背中を向けていてよかった。そうトディに思わせたひとことだった。「嫁さんも自由にしてやるよ、ケント。おまえがうまくやりおおせたらな……」

床屋へ行ってから質屋へ向かった——買ったのは中古のスーツケース——そのあとはドラッグストア、男物の服屋、バックナンバーを売っているニューススタンド。最後にホテルへチェックインした。

あえてゆっくりとスーツケースの中身をとりだしていく。きれいなシャツや靴下や下着。洗面道具に煙草にウィスキーがひと瓶。新聞のバックナンバーに何が載っているかはわかっていた。夕刊の見出しが目に入ったからだ。「保釈金詐欺全貌をあらわす」。だがそんな記事などなくても、やはりわかっていた。奇跡は起きない。イレインが刑務所にいるなんて、ありえないはずだった。

しかし、実際に新聞を読んでみるまで予断は許されない……トディはようやく紙面を広げ、グラスを手にしながら読みふけった。無意味な希望がはかなく崩れていった。

記事を載せていたのは二紙だけだった。ひとつは一段落だけ。もうひとつは二段落。後者には彼女の写真もあった。数年前に撮られた小さなピンぼけ写真。もと「性格女優」、郊外の刑務所に収容さる。彼女はサングラスをかけ、「明らかにひどい風邪をひいていた」

という。つまり、誰かがイレインの替え玉になったわけだ。

トディはためいきをつき、もう一杯ウィスキーを注いだ。ほぼ予想どおりの内容だった。夕食を注文してから、エアデイルに電話をかけた。保釈保証人は、ウェイターが部屋を出るのと同時にやってきた。

中折れ帽を目深にかぶり、犬顔が不安でげっそりやつれている。エアデイルが最初にとった行動は、窓辺へ近づいてブラインドをさげることだった。

「におわないか?」やつはかすれた声で言った。「ガスのにおいさ。サクラメントの小さな部屋からはるかここまで漏れてくるにおいだよ!」

トディはグラスに一杯ミルクを注いで渡し、ベッドを指ししめした。エアデイルがどさりと腰をおろし、中折れ帽で顔をあおいだ。

「どこへ行ってた?」彼は言った。「それに、どうして帰ってきた?」

「どうでもいいだろう」トディはステーキを口につっこみながら答えた。「それより、何が起きたのか教えろ」

「俺が? 何が起きたか、おまえに教えるだと?」

「サツはあんたのコネから情報をつかんだんだろう。だからあんたはイレインの替え玉を作らなきゃいけなくなった。そのあと、どうなったんだ?」

「ホテルに行って、デカいケツの警備員をつかまえたよ。で、部屋へあがった。誰も起きてこなかったから、押し入った。おまえはいなかった。イレインもいなかった。おしまい」

「いや、続きがある」トディは言った。「部屋はどんな感じだった? つまり、荒らされてたか?」

「わかってるだろ……きれいなもんだったよ」エアデイルはあわててつけくわえた。「荒らされちゃいなかった」

「あたりに警察はいなかったか? デカは?」

「俺と警備員だけさ。だが――」

「部屋にいたのは何時ごろだ?」

「十一時半、十二時かな」

「ふむ」とトディ。「わかった。ちょうどそのころ……」

「ちょうどそのころ」エアデイルがうなずく。「イレインが煙になって消えたんだよ。おいおい、トディ、おまえ、死体の絵でも描かなきゃいけなかったのか? どこか外で始末できただろ? おまえらは部屋で騒ぎを起こした――ホテルにいた全員がイレインの叫び声を聞いたくらいだった――そして――」

「たいした意味はない。あいつは始終騒ぎを起こしてた」

「もう起こさねえがな」エアデイルは言った。「正直言ってさっぱりわからねえんだが、トディ。他殺体を始末したって、なんの意味もないぜ。焼却炉の煙突が部屋をつきぬけてるんだからな」

トディはステーキをぐいと脇へ押しやり、コーヒーをカップに注いだ。「俺はあいつを殺っちゃいない、エアデイル。はっきりさせとこうぜ。俺はあいつをバラしちゃいないんだ」

「俺はサツか?」エアデイルが言った。「おまえが何をしようが、知ったこっちゃない。おまえとは、会ったこともない。できるだけ早く、できるだけ遠いとこまで逃げねえと、手錠をかけられるぜ、とも言ってない」

「まだサツは来ちゃいないみたいだが」

「来るさ」エアデイルは暗い口調で断言した。「そこまで来てるも同然だ。あのスケ、つまりイレインの身代わりになった女は、ムショが気に入らねえらしいんでな」

「それで?」トディは肩をすくめた。「どうせその女、山ほど罪状を抱えてるんだろ。気に入ったほうが楽だと思うがな」

「でも、気に入らねえんだとよ」エアデイルはくりかえした。「ヤクをやってるからな。ヘロインを打ってるんだ」

トディは生唾を呑んだ。「だったらいったいどうして――」

「H《ヘロ》をやってる人間がどうしてそんなことしたんだ、ってか?」エアデイルが嚙みついた。

「牛になっちまうくらい寝転がって客の相手をしてた女だが、それでもヤク代が追いつかなくてな。で、イレインの身代わりにしてやったら、今度は文句を言ってきやがる。こっちは手詰まりなんだよ、わかるか? あいつの面倒を見なきゃいけないんだ。ヤクをムショに持ちこませて、女の手に渡るようにしなきゃいけないわけさ。でなきゃ、こっちはメシの食い上げになっちまう。あの女きっと、私はイレインじゃないって叫びだすだろうからな」

エアデイルは話を中断して葉巻に火をつけた。一服、二服と仏頂面で煙をふかし、赤くなった葉巻の先をじっと見つめたまま座っている。

「まあ……毎日医者を行かせてるよ。救いの注射、ってわけだ。だがそれもあと何回かで終わりにしないとな。誰かにバレるかもしれんし、今は一回一ドルの注射が百ドルになっちまうかもしれん。だが終わりにしなきゃならんほんとうの理由は、俺のルールに反してるからだ。俺には俺なりの悪事ってもんがあるんだよ。そいつは誰かのアタマをおかしくすることじゃない。誰かを消すことでもない」

彼は再び話を切り、詫びるような目でトディを見た。「とはいえ」とエアデイルは言った。「殺されて当然なやつがいないってわけじゃないがな。まあ、言葉のアヤってやつだ」

「先を続けろ」トディは言った。「その女、ヤクが手に入るかぎりは黙ってるってことか?」

「そりゃそうだろ。あいつは悪い女じゃない。トラブルを起こしたいと思ってるわけじゃないんだ。だが、もう俺からヤクが届かないんじゃないかと気づきはじめてるし、ヤクをやめるつもりもないらしい。だったら、前みたいに好きにやらせてもらうわよ、ってことになるわけさ」

「そいつはムリだろう。刑期が長くなるだけだぜ」

「いいや」エアデイルは頭をふった。「あいつは出てくる。そして好きなだけヤクを手に入れる。新聞を読んだか? ある特定の人間にとっちゃ、あの女、体重分の白い粉と同じ価値を持ってやがるんだ」

保証人は葉巻をもみ消してためいきをつき、コートのポケットに手を入れた。列車の時刻表をとりだしてじっとにらんでいたが、しばらくすると目をあげた。

「この時期のフロリダって、どう思う?」

「俺はどこにも行かないぜ」トディは応じた。「少なくとも、今んとこはな」

「俺は行かせてもらう」エアディルが言う。「独立記念日にゃ花火が見たいんでな。そのころには戻ってきてもだいじょうぶかもしれん」

エアディルは返事を期待して待っているふうだったが、トディはうなずいてみせただけだった。エアディルが街から逃げださなければならないのは当然だ。最終的にはやつの事件も飽きられ、話題の中心はもっと新鮮な事件にとってかわられるだろう。だがそうなるまではエアディルにとっても、やっと政治的なコネのあるさまざまな人間にとっても、ロサンジェルスはこの上なく居心地の悪い町になるはずだ。

エアディルは立ちあがり、中折れ帽の内側をのぞきこむと破顔一笑した。「おい、見ろや」丸めて隠してあった紙幣をとりだしながら言う。「そっちは町を出て行かないと決めたところだってのにな!」

「ありがとうよ」トディは札を押しもどした。「そういうことじゃないんだ。カネならある」

「ほう? ほかに何が要る?」

「あんたが何をしてくれようと、俺の役には立たないよ」

「少しは立つぜ」エアディルが言う。「ちょっとした助言とかな。今さら軽い刑を認めてそれですまそうと思っても、そりゃ通らないぜ、とか。陪審員ってのは、死体遺棄の案件を嫌うからな。信義にもとる人間ってわけだ。わかるだろ？　犯罪を隠そうとして、それがムリになったみたいだから、今度は助けてくれなんて言いだすようなヤツさ。おまえ、食らうぜ。首までどっぷりだ」

「しかし――そうだな」トディは物憂げに言った。「あんたが正しいんだろう」

エアディルは帽子を勢いよく頭に乗せ、背中を向けようとした。「わからねえよ」と忌々しげに言う。「何をぐずぐずしてる？　どうしてとっとと逃げない？」

「イレイン殺しの犯人を見つけたいんだ」

「兄弟」エアディルが言った。「それがアブねえって言ってんだよ！」

「ここで逃げたら」とトディは言った。「逃げつづけなきゃいけなくなる。何百ドル、何千ドル持ってたって足りやしない。人生はまともに生きたいんでな」

「うまい計画を思いついたんだな？」とエアディル。「どうしてはじめからそう言わない？　何が――まあいい。最後までひとりでやれるか？」

「それ以外、やりかたなんてないさ。だが時間はもうちょっと必要だな、エアディル。少なくとも二日。ほんとうは三日ほしいんだが――」

「二日だ」エアディルは言った。「俺は二十四時間だと考えてた――それだけあれば姿を消せるってな。だがあと二日間は、あの女にヤクを渡すことにしよう。それくらいのカネは工面するよ。俺がいなくなるとあいつはブツを入手できなくなるだろうが……ああ、ちくしょうめ。なんとかなるさ」

握手を交わしたあと、エアディルは出ていった。トディは酒を片手にベッドへ腰をおろし、現状に思いをめぐらせた。あきらめにも似た落ち着いた気持ちが心を支配しはじめている。彼は達観した笑みを浮かべた。

服を脱いでベッドにもぐりこんだ。眼をあけたまま仰向けになり、じっと闇を見あげる。

マッキンリーは尾行はつけないと約束した。そんな必要なんてないからだ。戦略上重要な場所にほんの数人の男たちを立たせ、車種とナンバーを教えておけば、ロサンジェルスのようにバカでかい街でも車の動きは追える。だったらこっちがやるべきことはひとつだけ――いや、ふたつだ。ナンバーを変え、車種も変えること。

ミルトはなかなか口を割らないだろう。強制されなければ何ひとつしようとしないはずだ――だから強制してやる必要がある。検問もなければ尾行もなし。邪魔をする財務省の捜査官などいないのだから。

24

翌朝九時半、部屋でゆったりと朝食を終えたトディはマッキンリーに連絡を入れた。局長は車をピックアップする場所を教えてくれたが、その口調はとげとげしかった。

「ミス・チャベスとは会ってないな?」局長は尋ねた。

「会う? どうして会う必要があるんだ? 俺はあいつがどこにいるかさえ――」

「よし」マッキンリーは調子を落として言った。「トディはどうしたのかと、彼女がしつこく訊いてきてな。留置場にも会いに行きたがってたし、手紙も送りたがってた。最終的には、トディは留置場から出たあと街から姿を消したと伝えておいたよ」

「それで――それでいい」トディは言った。

「ああ。おまえにはやるべきことがあるからな、ケント。妻もいる。それにミス・チャベスはどこまでもまともな人間だ」

「俺はまともじゃない、ってわけだ」

「そりゃそうだろう」マッキンリーは肯定した。「人の言いたいことを先に言うな」

そう言ってマッキンリーは電話を切った。トディは受話器を叩きつけ、着替えを終えた。

会話の内容にも不満だったが、それ以上に不安だった。ドロレスはイレインが死んだことを知っている。つかまえて三日しかたっていないのに、マッキンリーがなぜ突然俺を自由の身にしたのか、不思議に思っているはずだ。マッキンリーに何を言われようと、単に街から逃げただけではないことを確信しているにちがいない。逃げるのなら国外へ逃げるはずだし、だったら、まとまった逃亡資金が要る。そんな資金を作る手立てはひとつしかない。そう考えているだろう。

俺が刑務所にいるかぎり、彼女と政府との取り決めに問題は起こらない。殺人事件が発覚したところで、ドロレスがその件を知っていたかどうかなんて、当局にはどうでもいいことだ。だがもし俺が国外逃亡をもくろみ、その途中で別の犯罪を起こしたとしたら……。

いや——トディは首をふった。そんなのはドロレスらしくない。自分より、まず俺のことを心配する女だ。あいつは俺を助けようとするだろう。だがそれはある意味、助けてくれないのと同じくらいマズいことだった。ドロレスには何も言わないでおこう。ワンマン・ショーで行くしかない。

トディは最後に部屋を見まわしてドアの外に出ると、エレベーターへ向かった。

車は数ブロック先にとめてあった。目にしたとき、思わず声をあげて笑いそうになった。

中クラスのセダン。ぼんやり見ただけでは、ほかの数千台と区別のつかないモデルだ。だがトディはぼんやりした男ではなかったし、それは財務省の捜査官も同じだろう。

やつらにはナンバープレートの確認などほぼ必要ない。灰色に塗りなおしたボディ。タイヤの白いサイドウォール。赤いガラスの反射板と、それに支えられたナンバープレート。同定するには充分だ。やつらなら、二ブロック向こうからでも識別できる。

彼は運転席にすべりこみ、ダッシュボードをあけた。銃と鍵が入っていた――ざっとチェックしてみる――銃は装塡されていた。すべて予定どおりだ。

北へ走り、それから東へ走った。幹線道路に類する通りをすべて避けながら、迷路のような裏道を行ったり来たりした。マッキンリーがこんな段階で検問を張ったとは思えなかったが、油断は禁物だ。それに急ぐ必要はない。たっぷり一日は余裕がある。

道端の家並みがどんどんみすぼらしくなり、数を減らし、間遠になっていった。多くが空き家だった。ほとんどの道は舗装もされていない。どの町にもあるような、ぎりぎりのグレイゾーン。産業地区に呑みこまれようとしながら、まだその一部になりきれていない場所。

レンガ敷きの道に入り、角を曲がった。通りの逆側は空き倉庫だった。トディのいる右側の奥まったところは高い板塀で仕切られた廃車置き場で、その手前のスペースには薄汚れたガソリンスタンドがある。屋根つきの修理工場と通りのあいだに、タイヤのない貨物用トレーラーがとめられていた。

ガソリンスタンドの進入路に乗りいれた。油まみれのオーバーオールを着て古い帽子を作りかえたスカルキャップをかぶった男が、冷たい目をしてガソリンポンプによりかかっていた。トディはその男に二、三言声をかけた。そいつは通りの左右を確かめてから「オーケイ、いいぜ」と言い、頭をぐいと傾けた。トディは修理工場のトンネルに車を入れ、後部の壁があがっていくのを確かめて奥の作業場へ進んだ。

ふたりがかりで三時間の作業だった。改造の様子を目にしていなければ、作業が終わったとき、トディでさえ同じ車だとは思えなかっただろう。

クロームのグリルがラジエーターを隠していた。白いサイドウォールはノーマルタイヤに替えられ、フロントガラスをサンシェードが覆っている。ルーフとフェンダーはダークブルーで、残りのボディは光沢のあるブラック。赤い反射板も、もちろんもともとのナンバープレートもはずされていた。プレートホールダーも新しいプレートも、位置を動かしてある。

支払いは百五十ドルを超えた。ひとり五ドルずつのチップをくわえると、手元には十ドルも残らなかったが、この先の掛かりはこれで充分にまかなえる。宿代を払うつもりはなかった。払いに戻ることなんてないからだ。

大通りのひとつを使って街へ戻る途中、レストランバーに立ち寄ってたっぷり二時間ほど時間をつぶした。それから再びドラッグストアへ行って薄い色のサングラスを買った。変装にはそれで充分だった。実際のところ、変装など必要ない。やつらが探すのは人ではなく車だ。

オフィス街に着いたのは黄昏どきだった。小雨が降りはじめていた。ゆっくり車を走らせ、スプリング・ストリートを北へ曲がった。

今夜、ミルトが金を買うことはないだろう。夜な夜なビールを運んでくるトラックの運転手もお役御免。なぜなら、スクラップ金を詰めこんでおく空のビール瓶など、もはや必要ないからだ。

トディは突然罵りの言葉を吐いてアクセルを踏んだ。しかし一瞬あと、再びスピードをゆるめた。だからどうした？　あのホテルの前、イレインと暮らしていたホテルの前を通りすぎたって、なんになる？　連中は何も知らないし、知ろうとも思っちゃいない。興味があるのは宿賃だけ。それだって明日までの分は払ってある。

メイン・ストリートに車をとめ、闇が忍びよるなかじっと座っていた。煙草を吸い、ルーフを叩く雨音に耳をすました。もしかしてミルトはすでに逃げたのではないかと思って、一瞬パニックになりかけたが、薄笑いを浮かべて首をふった。やつはあわてる必要など感じちゃいない。むしろ時間をかけ、じっくり安全に事を進めるはずだ。

だからその点はだいじょうぶだろう。ほかに心配すべきことなど、何ひとつなければいいのだが。

三本目の煙草を吸いおえると、七時になっていた。吸い殻を窓の外にはじき、ダッシュボードの銃をポケットに移してから車を発進させた。

メインをそのまま一ブロック進んで勢いよく次の通りに入り、三ブロック戻った。暗い裏道を右に曲がってエンジンを切る。停車した場所の数軒先に、貴金属仲買の店、ロサンジェルス・ジュウエル&ウォッチ・カンパニーがあった。

車のドアをあけるまえに少しだけ待ったのは幸いだった。ミルトは金の買付をやめていなかった。疑いなく、まだ時期尚早だと踏んで、もう少しいつもどおり商売を続けるべきだと判断したのだろう。もしくは、トンズラを決めるのは週末にしようと思ったのかもしれない。どちらにせよ、店のドアが突然開き、レインコート姿の男が見慣れた四角い箱を持って、メイン・ストリートのほうへ駆けていくのが見えた。数分後、今度は男がふたり、いっしょに出てきて早足でメインへ向かった。

運転席で頭を低くして、雨に洗われるフロントガラスの下に隠れた。さらに十分待った。店からは誰も出てこない。これから出てくるやつはいないだろう。もう時間も遅い。体を伸ばして助手席側のウィンドウをおろした。すばやく通りを確認する。それからウィンドウをまきあげ、ドアをあけて外へ出た。

通りに面した建物をいくつか通りすぎ、ミルトの店の隣まで来て足をとめた。そこからはっきりと見えた——あまりに見慣れた光景。あたたかさと親しみにあふれた光景。これからやろうとすることが突然、非現実的な忌まわしい行為であるかのように思えた。

ミルトはいつもどおり作業場にいた。デスクのワークライトがその姿を闇から浮かびあがらせ、金色のオーラのようなもので包んでいた。ミルト……どうしてあんたが……？だが、やったのはミルトでまちがいない。あの親しげな態度——ニセの友情——が事態をさらに難しくしていた。トディはさっとあたりを再確認してから大股でドアに近づき、店内に入った。暗く長い通路を半分ほど進んでいくと、ミルトが目をあげた。

「トディ！　おまえなのか？　もう何日も心配してたんだぞ……もしかして……」

「ああ」とトディは言った。「そうだろうよ」

彼はくぐり戸からすばやくなかへ入り、ライトの首の部分をつかんで作業台に押しつけた。明かりが床を照らしだす。誰かが外から眺めても、とりたてて何も見えないはずだ。

立ちあがろうとしたミルトを押しかえし、もう一度椅子に座らせた。自分も腰をおろして、チビの宝石商と正面から向きあう。

「そのとおり」トディは凄みをきかせながらうなずいた。「俺は銃を持ってる。そんなもの使いやしないだろうと思うんだったら、ちょっとでもいいからトラブルを起こしてみな」

「なんのことだ！　トラブルだって？　あたしがこれまでそんな――」ミルトはそこで口をつぐみ、決意にあふれたトディの冷たい顔をじっと見つめかえしてきた。罪なき当惑の仮面が突然消えた。「おバカなトディ。ああ、おまえはホントにおバカだよ。ようやく目が覚めるなんてな」

「出せ」トディは言った。「最後の五セント硬貨までな。何をなんて訊くなよ」

「訊く？」ミルトは肩をすくめた。「無意味なおしゃべりは好きじゃないんだ。カネの件についちゃ、おまえさんが来るだろうと予想はしてたんでね。すでに出してある」仕事場のベンチの下に手をつっこもうとして、腕をなかばつきだしたまま唐突に動きをとめた。

トディはうなずいた。「続けろ。妙なマネはするな」

ミルトがとりだした重たいスーツケースを受けとり、ベンチの上に置いて留め金をずらす。宝石商からベンチへと目を走らせながら、軽く中身を揺すってみた。小額紙幣の束がひとつ――五ドル札や十ドル札、二十ドル札。ほかの束はすべて千ドル札だった。どんなに阿呆な盗人でも、すぐにアシがつくことがわかる紙幣だ。ミルトがこのカネを国内で使うことはできない。しかし海外なら何も問題はない。所得税法違反は、海外からの身柄引き渡しができない罪だ。

「最悪のときに来てくれたもんだよ」ミルトがためいきをつく。「あと数時間で、逃げる手はずだったのにな」

「まだ逃げられるさ。これから俺といっしょにヴェニス・ビーチへ逃げるんだ。そこでゆっくりおしゃべりを楽しもうぜ」

「ここでもできることだろう。このあたりにはあたしら以外誰もいない。誰も入っちゃこない」

「明日になったら来るさ」

「しかし……ほう」ミルトは言った。「そんなことをする必要がまだあるのか？　これでおまえさんはカネを手に入れた。明日にはかなり遠くまで逃げられる。どっちにせよ、あたしに打つ手はない。警察に訴えるわけにもいかないしな」

トディは頭を強くふった。「あさってにはそれより遠くへ行ってるさ。それに、あんたは絶対にしゃべる。少しでも俺とかかわったやつは厳しく取り調べられるんだ。俺はブチこまれてたんだし——」

「ああ。知ってるよ」

「じゃあ、俺がどうして釈放されたのかも知ってるんだろう。イレインを殺したやつが誰なのか探りあてないかぎり、あいつらとの取引が成立しないこともふくめてな」

「おまえさんにはできないことだ」ミルトは言った。「それに」とつけくわえる。「おまえさんには取引を成立させようっていう意志がない。ほかの人間ならできるだろう。ほとんど誰だって可能だ。だがおまえさんにはムリだな」彼は大きな腹の前で指を組み、かすかな笑みを浮かべた。「おまえさんは、政府の捜査官との約束を守りたいと思っちゃいない。守れもしない。あたしから自白をひきだしても、そんなのは無意味だ。あたしがイレインを殺してもいないし、殺させてもいないことは証明できるんだからね」

「たぶんな」トディは穏やかな丸い顔を注視しながらくりかえした。「たぶん。だがそれでもいっしょに来てもらおう。あんたがどうやってここでペテンを働いてたのか、誰も仕組みをわかっちゃいない。それを知りたいのさ。万が一俺がこの国に戻ってこられたときのためにな。おとなしくついてくれれば、縛りあげてどこかに捨ててくるだけにしてやってもいい。何日かしたら誰かが見つけてくれるような場所にな。そうでなきゃ……」

彼は意味ありげに銃を持った手を動かした。ミルトが堂々と笑い声をあげた。

「そうか？　さだめし、砂丘にでも連れていくつもりなんだろう？　ああ、最高だな！　死体を捨ててくるにはもってこいの場所だ……それも、ひとつじゃなくてふたつ、と言ったほうがいいか？」

「ふたつ？」トディは眉をひそめた。「いったいなんの話だ？」

「死体がふたつってことだよ」ミルトが言う。「おまえさんと、ミス・チャベスのな」

トディは床の上で椅子をきしませた。「このクソッタレ！　あいつに手を出したら――」

背後でカーテンの揺れるかすかな音がした。冷たく硬いものが布ごしに、首のうしろへ押しつけられたのがわかった。

ミルトが厳粛な面持ちでうなずいてみせた。「そのとおりだ、トディ。じっと座ってろ。

じっと座ったまま、ぴくりとも動くんじゃない。そうだな、その銃はこっちにもらっといたほうがいいだろう。ミス・チャベスも」——彼はちらりと時計を見た——「もうすぐ来るはずだ。おまえさんのホテル——いや、おまえさんが前にいたホテルがご親切にも彼女に、あたしを訪ねてみろと勧めたらしくてね。だからあたしは、今夜なら好都合だと言っておいた。おまえさんは逃げ場のない状態だから、きっと今夜あたり助言を求めてここへ来ると思ったもんでな。ということで……ほら」——正面のドアが開き、そっと閉じられた——「おいでなすったよ」

最初は躊躇しながら通路を歩いていたドロレスだったが、薄暗いランプの明かりのなかにふたりの男がいることを見てとると、確かな足どりでさっと近づいてきた。「トディ、うれしいわ、私——私——」

「大声を出すんじゃない」ミルトが言った。「動くな」

彼は勢いよく椅子から立ちあがり、トディの背後にまわってくぐり戸を抜け出た。トディは注意深く腕を体から離したまま、なすすべもなくじっとしていた……こんな事態になるなんて、予想だにしなかった——ミルトに共犯者がいたなんて。いったい誰なのか、と思った。そしてなぜミルトはあんなふうにふるまったのか。無防備なふりをして俺にしゃべらせることに、どんな得があったのか。

わからなかった。これ以上考えている余裕はない。背後にいた人物がカーテンから出てきた。銃身がぎりぎりと首筋に食いこんでくる。

ゆっくり立ちあがり、緊張で青ざめたドロレスの顔を見つめながら、安心させようと笑みを作った。ミルトが彼女の背中を押してくぐり戸のなかへ入らせ、くすくす笑っているのが聞こえた。

トディはふりむいた。

「どうも、王子さま」イレインが言った。

一寸先も見えない豪雨のなか、車は一定のスピードで注意深く西へ進んでいった。トディはかがみこむようにしてハンドルを握り、フロントガラスの向こうを見つめた。隣にはドロレス。ミルトとイレインは後部座席だった。あと一時間ほどで市の境界線をこえる。タイヤのハミングとせわしなく動くワイパーの濡れた音以外、車内は静まりかえっていた。彼らはオリンピック・ブールヴァードを走りつづけた。ほぼまっすぐに海へ向かう道だ。今は行き交う車もない。

トディは少しだけアクセルを戻した。今回は俺のしくじりだ、と思った。マッキンリーを出し抜くつもりで、逆にミルトを有利にしてしまった。あとはもう、できるだけ時間を稼いで来るべき事態を先延ばしにするしかない。

イレインの煙草とウィスキーのにおいで、空気は重くよどんでいた。彼女が息を詰まらせて咳きこむたびに、こまかい飛沫がトディの首にかかった。ミルトが謝罪のかわりに咳払いをした。

「たぶん、愛しい人《リーブリンク》よ、ここではちょっと……」

「何さ?」イレインが言った。「今は飲むななんて、あたしに言おうっての?」

ミルトは当惑していた。トディはかすかな希望がわきおこってくるのを感じた。ふたりがケンカでも始めてくれれば。イレインがいつものとんでもないカンシャクを爆発させてくれれば……だがそうはならなかった。トディにはわかった。今夜のイレインは辛抱強そうだ。

「そういうふうに言うんだったら」ミルトが冷たく応じた。「そうだ。今は酒を飲むべきときじゃないと言ってるんだよ。このあたしが、今、そう命じてるんだ。ここが肝心だからな。あとでだったら、かまわん。好きなだけ飲ませてやる」

一瞬の沈黙があった。するとイレインが「いいわ、ハニー」としおらしく言った。「かわいいイレインちゃんにどんどん命令しなさいよ。言うとおりにしてあげるから」

「よろしい」ミルトが満足げに言った。「我らがトディに隙を見せちゃいかんからな、ハニー《ハイン》だろう?」

「はいはい、あんたの言うとおりね、ハニー」

「トディはとても頭のいい男だ」ミルトが続けた。「だから、警察がどれくらい猶予をくれたのか、具体的に教えてくれるさ。その答えは、遠回しにではあっても、誰も尾行してないことを意味する。最終的にこいつは、どこで自分の死体を捨てればいいのか、逆にすばらしい提案をしたことになるってわけさ。あたしがこいつのことを恐れてると思うか？この知的な巨人のあたしが？」

イレインはくすくす笑っていたが、最後は不安げな表情になった。「そうね、そうだけど、ハニー、あたし——」

「考えてみろ」ミルトは楽しそうに話を続けた。「あれだけいろんな話を聞かされたってのに、こいつは何もわかっちゃいない。アルバラードが、謎の金の供給元に時計が盗まれたことを伝えた、ってのは知ってるだろう。妻であるおまえから心底嫌われてることも知ってるし、その妻が才能のある女優だってことも昔からよくわかってたはずだ。だがそういったことから、ひとつでも結論をひきだせたか？　何もひきだせなかったじゃないか。妻が奇妙な死にかたをして、そのあと死体が消えたせいですっかりうろたえちまって、死んだふりをしただけだったなんて思いつきもしなかった。その妻が時計を持って、あとから非常階段をおりていった、なんてこともな」

ドロレスが目を瞋《いか》らせながら後部座席に横顔を見せた。「この人はバカじゃないわ！あなたを信頼してたのよ！　だからつい——」

「バカだと言えば」ミルトが言った。「おまえもとうてい、有能な判事にはなれないぞ。トディが釈放されたことをあっさり赤の他人に教えちまうんだからな。さあ、意識がなくなるまでの時間を有効に使いたいんだったら、前を向いてろ」

「この卑怯もの！　あんたなんか——」

「前を向いてるんだ」トディが優しく言った。「ドロレスはまさにホントのことを言ったんだよ、ミルト。俺はあんたを信頼してた。おまけにあんたはすばらしくツイてた。もし俺がドナルドのあとを追わなかったら、イレインの死んだふりに気づいたはずじゃないか」

「運の要素などかけらもないね」ミルトが言った。「おまえさんが店を出たあと、あたしはイレインに電話をかけた。おまえさんが帰りつくまでに、時計を探しだして準備をする時間はたっぷりあったんだ」

「だがイレインの体を調べたら……」

「もしそんなことをしたら——まあ、冗談だったと言えばいい。そしてまたいつか、試してみたさ。しかしあたしらは——あたしには——おまえさんがそんなことなどしないとわかってた。おまえさんは、何度も窮地に立たされたせいで、すっかりアタマが鈍くなっちまってる。いつだって同じ反応だ。司法当局の知恵とか情けは信じない。予期しない事態が起きたときも、その裏を読もうとはしない。おまえさんが持ってるのはダマシの技術であって、頭脳じゃない。ダマシと逃げ足さ。だから、ダマシが効かないとなったら、逃げだしちまうんだよ」

トディはむっとして言った。「あんたはおかしなヤツだよ、ミルト。笑えるヤツだ」

「ああ、そりゃまちがいないな。いつもみんながそう言ったよ。言わなかった人間はひとりしかいなかった」

「それって、あたしのことね」イレインがミルトに体をもたせかけながら、甘ったるい声で言った。「そんなこと言わないほうがいいって、最初からわかってたんだもの」

「そうだな」ミルトが慈しむように言う。「だからご褒美に、もう一杯飲ませてやろう。ほんの少しだけな」

雨の帳の向こうから、にじんだ街の明かりが右手前方に浮かびあがった。サンタモニカだ。もうあまり時間はない。

対向車が一台、フォグランプを輝かせながら猛スピードで近づいてきた。トディはハンドルを強く握りしめた……横っ腹に当ててみようか?……いや、ダメだ。ミルトに失うものなんてない。事故をふくめてどんなトラブルがあっても、やつは単にさっさと俺たちを始末しようとするだけだろう。

トディはむりやり、短く不快な笑い声を出した。イレインが闇のなか、不審げに目を細めてボトルをおろした。

「何かおかしいの、王子さま?」

トディは肩をすくめた。

「あのさ、あたしが訊いてんだよ——」

「黙ってろ、かわい子ちゃん」ミルトは彼女を自分の肩へと引きもどした。「そうだな、そろそろ酒をこっちに預かろうか。あいつはおまえを怒らせようとしてるんだ。そのほうが任務が楽になるからな」

「でも——いいわ、ハニー」

「ひとつわからないことがあるんだが」トディは言った。「イレインが逃げだす前、どうして部屋は片づいてた?」

「こいつが死んだはずの夜にか? 単なる予防策だよ。部屋の状態を見られたら警察に通報されるかもしれんだろう。おまえさんがアルバラードを犯人だと決めつけることはわかってた。そのままそう思っててくれるようにしたかったわけさ」

「じゃあ、計画のその部分はあんまりうまくいかなかったんだな?」

「充分うまくいったさ」ミルトが応じた。「おまえさんの現状が証明してるとおりな……だが、ちょっと前に笑ってたのは?」

「考えてただけだよ」トディは再び笑い声をあげた。「あんたとイレインのことをね。こいつがあんたを裏切るまで、どれくらい時間がかかるんだろうと思ってさ……きっと予期もしてないときに裏切られるんだぜ」

「こいつがおまえさんを、そっちの言いかたを借りればだが、裏切ったから、ってことか? だがふたつのケースに似たところなんてない。おまえさんはこいつに何もしてやれなかった。あたしはしてやれる。こいつにはおまえさんなんて必要なかった。あたしのことは必要だ。おまえさんはこいつの意思を無視してひきとめようとした。あたしはそんなことなどしない。別れなきゃいけなくなったら、友好的に事を進めるよ。何もかも等分に分けて、それぞれの道を行くだけさ」

「筋は通ってるな」トディは言った。「だがあんたは筋の通った人間とつきあってるわけじゃない。そいつは相手を困らせておもしろがるような女だ。酒をのぞけば、それしか楽しみを見つけられないのさ。どうしようもない女なんだよ、ミルト。酒と同じくらいどっぷりと、人殺しを好きになるかもしれない。医者から言われたときは信じなかったが――」

何かで頭を殴られて激しい痛みが走った。車が蛇行した。ミルトの鋭い命令で、あわててハンドルを戻す。バックミラーを見ると、宝石商がイレインのほうに向きなおって手をあげているところだった。

「馬鹿者《ドウムコップフ》が！」ミルトが怒鳴った。「あたしに言わせりゃ……」すると彼は突然優しい声になって微笑んだ。「あたしらはふたりともカンシャク持ちのようだな。感情に流されてる場合じゃないんだぞ」

「ごめんなさい、ハニー。こいつがあんまりひどいこと言うもんだから……」

「しかし、これでもう手口がわかっただろう？　口車に乗ったらどんな目にあうかもな」

「そうね」イレインがためいきをつく。「あんたって、ホントに頭いいのね。すぐに人のことを見抜いちゃうんだもの」

「だがおまえのことは見抜いちゃいないぜ」トディは言った。「見抜いてるんだったら、おまえから銃をとりあげるはずだ。そのうちミルトにもおまえの考えがわかるだろう――カネは半分より全部のほうがいいって思ってることがな」

イレインが唇で嘲るような音をたてた。ミルトがさもおかしそうに笑った。

「ムダだな、トディくんよ。嘆きたくなるくらい魅力のないことにも、必要性ってものは存在するんだ。すべてを計画したのはあたしさ。さらに考えたり計画しなきゃならんこともあると思ってる。イレインがおまえさんの描きだしたような幼稚な人間だとしても、生きのこるために必要なものを台なしにはしない」

「とにかく」イレインが言った。「こんな古い銃、いらないわ。使いかたもわからないんだもの。持ってて、ハニー」

ミルトは銃を押しもどした。「わかってなきゃダメだ！　大事なことなんだぞ。いいか、もう一度教えてやる……これがセーフティ。そして一瞬だけしっかり引き金を絞る。ほんの一瞬じゃないと、弾が空になっちまうからな。前にも言ったように、こいつはオートマチックだ……」

そのときミルトの銃はその膝の上にあった。トディの心にまたしてもかすかな希望がわいてきた。もちろん俺には何もできないが、イレインなら……。

だがイレインは当然何もしようとしなかった。ミルトが再び自分の銃を手にとった。

トディはオリンピックから離れてオーシャン・アヴェニューへと車を走らせた。ピコ・ストリートまで来るともう一度角を曲がる。海まであと一マイルもない。

「質問は終わりかな、トディ？　尋問したいことは以上か？」

「以上だ」

「これから先、もうチャンスはやってこないぞ」

「わかってるさ」トディは応じた。「あのな、ミルト……」

「なんだ？」

「ミス・チャベスを見逃がしてやってくれないか。この人は決して――」

「私はここにいます」ドロレスが静かに言った。

「そうだろうとも」ミルトも同意した。「すまんな。大バカ野郎の味方をした罪がここまで重いとは思ってなかっただろうに」

　ミルトは車のウィンドウをさげ、外に目をやった。雨音が海鳴りとまじりあっていた。荒波が岸辺に押し寄せては引いていく音。トディは最後の角を曲がった。

「あんたはひとつ、まちがいを犯したよ、ミルト。勘定に入れてなかったことが、ひとつだけある」

「おもしろい」ミルトがつぶやいた。「だが残念ながら、そいつは真実ではないな……。おまえさんが考えていたのはこういう場所だろう？　そうだ。ここで車をとめて、それからヘッドライトを消せ」

トディは車をとめた。ライトが消えた。

その瞬間、あたりが静まりかえった。何かが起きる前の、ほぼ完全なる静寂。トディはミルトが沈黙を破る前に口を開いた。

これが俺の最後のチャンス。俺とドロレスの最後のチャンスだ。あえない結果になることはわかっていた。しゃべりはじめる以前から、望みなど少しもないのも覚悟の上だった。俺が口にしているのは、とんでもない嘘っぱちだ。緊張したうつろな声がその途方もなさをさらに強調している。

「おいおい、トディ」ミルトはほとんど恥ずかしそうな調子で言った。「そんな与太を信じろって言うのか?」

「いや」とトディは言った。「信じてくれるとは思ってない。だがそれが真実なんだ」

「おまえさんの罪はマヌケであることだけかと思ってたんだが」ミルトが指摘した。「狂気の沙汰までとはな。おまえさんはイレインが生きていることを知らなかった。殺人罪に問われるのは自分だと思いこんでいた。確かに、大金をフイにしても事件を解決したかったんだろうし、その意志だけは認めてやろう。だが、おまえさんはやつらとの取り決めを守るような男じゃない。この事件でのおまえさんの選択肢は、逃げることだけだったんだよ」

「逃げるのはもううんざりだったんだ」（イレインのくすくす笑い）「俺が殺したんじゃないことはわかってた。だからこの状況と戦おうと思ったのさ」

「カネも持たずにか？　これだけ不利な証拠がそろってるのに？　長い犯罪歴があるってのに？　たとえ当局になんらかの手落ちがあって無罪になったとしても、それがなんになる？　おまえさんにできるのは、他人を食い物にすることくらいじゃないか。おまえさんは——」

「ほかのことだってやれるさ」言葉も、そして口調も、あきれるくらい子供じみていた。

「時間のムダだな」ミルトが言った。「これ以上話をしても、嘘に嘘を重ねてるとしか思えないだろうよ。取り決めを守るために自分の自由を——というか自分の命を——危険にさらすつもりか？　ここに来て法廷なんてものを信じるのか？　トディ・ケント、おまえさんがこんなことをしてるのは、いわゆる汚名ってやつをすすぎたいからなんだろう？　それから仕事と、たぶんミス・チャベスを手に入れて——」

「たぶん、じゃないわ」ドロレスが言った。

「それでも、だ」ミルトが肩をすくめる。「あたしはこいつをよく知ってる。こいつも自分をよく知ってる。まったく、こんな役柄なんてムリなのにな……で、考えたんだが……」

「イレインにも考えさせてやれよ」トディは執拗にくいさがった。「あんたはこの件から抜けられない。だからイレインを自分と同じくらいどっぷり引きずりこもうとしてる。イレイン、その手に乗っちゃダメだ！　車のなかにテープレコーダーがある。俺は――」

「イレインは」ミルトがさえぎった。「考えることを求められちゃいない。当然、レコーダーはあるんだろう。でなきゃ、集めるべき証拠も集められないからな。当局との取り決めがあったことも、あたしとしては否定しない。ただ、おまえさんにその約束を守る意志がないだけだ」

「意志はあったさ！　そんなふうには見えなかっただろうが、そう見せなきゃいけなかったんだ！　やつらとはここでおちあう手はずだった――あんたの店に寄る前に連絡したんだよ。だがイレインが――」

「今夜なのか？」ミルトが尋ねた。「あいつらとおちあうことになってたのは、今夜じゃなく明日の夜じゃないのか？　もしかしたらその次の夜とか？　おまえさんは見透かしやすい男だな、トディ。政府のやつらが、まるで二時間の猶予をくれるくらいあっさりと、監視もなしで二日間の猶予をくれたってのか？　やつらがそんな話を承知するもんか」

「承知したわけじゃない。だがそれで納得するしかなかったんだよ。俺が言いくるめたんだ。こっちのやりかたでやるか、でなきゃ——」

「くだらん。あたしの知性を侮辱してるよ」

「だけど、ちょっと待って」イレインが心配そうに言った。「考えたんだけど——」

「その必要はない」ミルトが言った。「前もってすべて私が考えておいたんだからな……ここで会う手はずだったたって？　ほほう！　じゃあ、やつらはどこだ？」

トディはなすすべもなく乾いた唇をなめた。もうしかたがない。目の前にあるのは不利な事実ばかりだ。自分でも信じられない話を他人に信じさせるなんて、できやしない。

「さあね」彼は無関心を装って言った。「広いビーチだ。車に気づいてないのかもな。あいつらがどこにいるかは知らないが——」

ミルトの退屈そうな鋭い笑いがトディの言葉をさえぎった。「もちろん、車にゃ気づかないだろうよ。おまえさんがなんとかしないかぎりな。それにあたしらはふたりとも、やつらがどこにいるかよくわかってる——ここ以外のどこかだ。もううんざりだよ！」

「でも、ミルト、ハニー……」イレインが口を開いた。

「もう黙ってろ！」ミルトがぴしゃりと言う。「また最初から説明しなきゃいけないのか？どうしてあたしが店で時間稼ぎをして、こいつにべらべらしゃべらせたと思う？　どこに行こうとしてるのか、つきとめるためだ。そうすれば安全だからだよ。こいつは、古いお馴染みさんたちに絶対見つからないところへ行くにちがいないんだからな」

「わかったわ、ハニー。あたしはただ——」

「先を急ぐぞ！　それに——頼むから！——ボトルはここに置いとくんだ」

イレインはドロレスを助手席からトディのほうへ押しやって車をおりると、数フィート離れた砂浜に立ってドアを隠した。トディとドロレスも外に出た。

ミルトは苦しそうな声をあげながらも、最後に車をおりるという大仕事を終え、雨に目をしばたたかせた。

「さて」荒い息をついて言う。「あとはただ……」ミルトは銃を動かして指図した。すると、イレインがまるで謝罪でもするように言った。

「ミルト、ベイビー、あんた、ほんとにそう思ってる？　ほんとにこれで……」

「そう言っただろ！　すべて終わったんだ。あと、あたしらがやらなきゃならんのは——」

やつはイレインを見た。その耳に届いたのは、喜びにあふれた無邪気な笑いだった――いたずらっ子の笑い。どれだけむごいことをしているのか自分では気づいていない者の笑い。ルールなきゲームに勝利した者の笑い。そんな笑いがミルトを麻痺させたかのようだった。銃を握った指がゆるんだ。

「リープリンク！」ミルトがあえいだ。「ダーリン！　おまえには充分……なぜだ――？」

短い銃声が続けて轟いた。「ど――どうして？」ミルトはそう言って、砂の上に崩れ落ちた。あとはもう何も言わなかった。やつには何も聞こえなかった。

イレインがミルトの銃を拾いあげ、さっと水平に構えた。

「ダメよ、王子さま。アイデアをくれたのはあんただけど、あたしにだってアイデアはあるの。かわいいイレインちゃんは死んじゃってる。かわいいイレインちゃんは罪に問われない。これはあんたの銃で、この人を撃ったのはあんた。で、この人があんたとその女を撃って、それで――」

「イレイン！」トディの声は震えていた。「やめろ！　自分のことを考えるんだ。政府のやつらはこの近くにいる。雨のせいで俺たちを見失ったかもしれないが、今の銃声できっと――」

「わ——笑わせないで、王子さま。わ、笑わせないでよ……」

だがイレインは体を揺らしながら笑いはじめた。喜びに満ち、鋭く、伝染性のある笑い。トディもつられて笑った。笑いながら、ぼろぼろになってわずかに残った最後の望みを捨てた。「ミ、ミルトの」——悲鳴のような声だった——「言ったとおりね、王子さま。まったく、そ、そんな役柄なんてムリなのに！」

イレインのことを思い出すと、いつもそのときの姿がよみがえってくる——猿のような顔を歓喜に歪め、雨に濡れそぼった細い体を揺らしながら笑っていたイレイン。突然、投光器の光が容赦なく彼女の姿を浮かびあがらせ、笑い声は捜査官たちの放った無数の銃声にかきけされた。

思い出すのはいつもそんな姿だったが、しかしそれは別人のものだった。見も知らぬ、まったくの他人。

トディは砂の上に寝たまま、ヒステリックな自分の笑いを抑えつけようとした。そして、ドロレスが知らず知らずのうちに守ってくれたのと同じように、彼女をしっかり引き寄せていた。ドロレスにはたっぷり借りがある。駅からホテル、そしてミルトの店へと捜査官たちを導いてくれたのは彼女だ。彼らはトディがイレインやドロレスといっしょにミルトの店を出て以来、ずっとあとをついてきてくれた。死ぬほど笑える事態だった。こんな皮肉なら、あのミルトだって気に入ったはずだ。だがミルト……俺にはこんな役柄はムリだ、だって？　そんなことはどうだっていい！　あんたのことだって、もうどうだっていいんだよ、ミルト！

ギズモは――金色に輝きながら中身は真鍮の偽りのギズモは、ついにその姿を消した。

解説

ギズモが黄金に輝くとき

西島 伝法（作家）

〝トディが顎のない男としゃべる犬に出会ったのは、あがり時間まぎわのことだった〟という書き出しにいきなり嚙みつかれる。本書『ゴールデン・ギズモ』は一九五四年、ジム・トンプスンが特に多作だった時期に刊行された。その頃の他の作品と響き合うものを感じるのと同時に、欠けていたピースのひとつが嵌るような感慨がある。

ジム・トンプスンの名前を初めて目にしたのが、どの本の誰の文章だったのかは覚えていない。ジェフリー・オブライエンの〈安物雑貨店《ダイムストア》のドストエフスキー〉という有名な言葉を引きつつ、『内なる殺人者』で、ルー・フォードが殺人後に屁をひりながら大笑いするシーンが紹介されていて、いったいどういう小説なんだ、と戦慄した。すぐに読もうと探したが、まだ新版が出る前だったからか手に入らないまま頭に残り続けた。当時はドナルド・ウェストレイク（映画『グリフターズ』の脚本を書いていたと後に知る）やエルモア・レナードなどのクライムノベルが好きでよく読んでいたが、あくまで自分とはかけ離れた世界の話として楽しんでいた。その後『ポップ1280』が刊行されるやドストエフスキーよりも揺さぶられ、しばし呆然とした。気軽に楽しむことを拒むような、これまで経験したことのない荒涼とした読み味に驚きながらも、自分の中の深いところを鷲掴みにされるのを感じた。主人公のニック・コーリーは一応は保安官だが、閉鎖的な町で愚かなふりをしながら、噂を利用するなどしてしたたかに保身を図ろうとする。複数の女と関係を持ち、平然と嘘をつき、暴力も殺人もいとわない人物だというのに、なぜか隔たりなくその主観にすっぽりと入り込んで、ニックとまわりの世界とがしだいにずれていくのを肌で感じていた。そのずれは、気鬱にも馴染みのあるものだった。

主観の隔たりのなさは、その後再刊された『内なる殺人者』(『おれの中の殺し屋』)や『残酷な夜』(『サヴェッジ・ナイト』)など殺人者が語り手の作品を読んでも変わらなかった。いったいどういうことなのか。語りかけるような軽妙な文体が共犯関係を作るのか、自分にも同じような衝動が眠っていてそれが共鳴するのか、それとも主人公たちが普通のふりをしながら抱える、得体のしれない虚無にすっぽりとはまり込んでしまうのか(『内なる殺人者』の最後の一行〝おれたちみんな。〟を思い出す)。世界とのずれは重要だろう。もともとずれている語り手たちが無理に合わせていた世界は、ちょっとしたきっかけでずれはじめ、その場しのぎで嚙み合わせを直そうとしてより大きく、修復不可能なほどにずれを広げていく。絶望的なその様に、こちらはなぜか嚙み合いすぎてしまうのだ。

ジム・トンプスンの小説では、誰が味方で誰が敵なのか判らないこともしばしばだ。それまで気さくで穏やかだった人が突然狂暴になり、ずっと親しかった人がなんの罪悪感もなく大きな裏切りをする。そんな世界でなにを信じればいいのか。なのに『アフター・ダーク』の元ボクサーのビル・コリンズなどは、すぐに人の話を信じてしまうので、いつも以上に落ち着かなかった。

そうやって、一冊読むごとに揺さぶられ続けたが、特に『残酷な夜』と『死ぬほどいい女』では、パルプ・ノワールを読んでいたはずが最後には予想だにしない前衛的な変貌を遂げて、呆気にとられた。社会と語り手との間にあったずれが、自分自身との間にも生じ、それが恐ろしいまでに表象されるのだ。『残酷な夜』では語り手がテキストとともに切断されていき、『死ぬほどいい女』では自我の分裂と共にテキストも分裂する。どうしてこんな表現にたどり着けたのかがずっと気になっている。

『ゴールデン・ギズモ』の舞台はロサンジェルス。主人公のトディ・ケントは、あちこちの家をまわって貴金属の訪問買い取りをしている。もし筆者の家に来たなら、チャイムには出ないような手合だ。貴金属仲買人のミルトに腕を買われてよい稼ぎを得ているが、元映画の脇役女優で大酒飲みの妻、イレインにすべて呑み込まれてしまう。他の作品に比べれば虚無感は抑え気味に描かれているが、なんとか保っている日常の均衡が、ほんのささいなきっかけでそこから転がり落ちてしまうことをトディは恐れている。いつもより早く帰ることすら、〝だが、今日早く切り上げたら、次も同じことをくりかえしてしまうだろう。やがてそれが習慣になり、ついでに仕事の開始時間まで遅くなるという、同じくらい危険な習慣まで身についてしまうかもしれない。そして最終的には日に一時間も働かなくなってしまう。そうなれば、仕事になんて行かなくなる日も近い。〟などと述べるくらいに。

自分には生まれつき第六感のようなものがあるとトディは信じていて、それをギズモと呼んでいる（ギズモにはガジェットの意味があるが、GIの隠語では、正体不明なものを表すという）。けれど、ギズモのひらめきで危ない橋を渡って幸運を得ても、しばらくの間しか続かず、じきに仕事を変えるはめになる。しかしまたギズモがひらめき――を繰り返し、いまではかつての根城だったシカゴにもいられなくなっている。『失われた男』の中森明夫によるあとがきには、犯罪者は「神のサイン」を受け取って犯罪を決意してしまう、という見沢知廉の言葉が引かれていた。見沢の同房だった受刑者は、強盗をしようと銀行に入るが、気が変わって出ていき自動販売機でジュースを買う。すると当たりが出て二本になったので、そのまま銀行に戻って強盗をし、懲役十二年をくらったというのだ。ギズモとはむしろ「神のサイン」のようなものなのではないか。

ある時トディは、買い取りをしようと訪れた家で、正体の知れない顎のない男アルバラードや、謎めいた美しい女ドロレス、そして人の声でしゃべる巨大なドーベルマンのペリートと対面し、重そうな金時計を目にする。危ない気配を感じて退散しようとするうち、なぜかアルバラードとペリートが暴れ出し、慌ててその場から逃げ去る。自宅へ戻ると、おかしなことに金時計が手元にある。さらにその後、部屋が荒らされて金時計は消え、イレインがベッドで殺害されている。そこからなにもかもが転がり落ち始める。

状況的に妻殺害でもっとも怪しいのは自分であり、トディはその疑いをかわしながら真相を突き止めようとする。通常の小説であれば、読者は主人公の無実を信じて読み進めることができるが、これはジム・トンプスンの小説だ。これまでその著作を読んだことがあれば、トディが無意識にやったのではないか、という疑いが頭から離れなくなる。他の登場人物たちもいつにもまして正体が知れず、敵なのか味方なのかも揺らぎ続け、矛盾する出来事の数々に、超常的な現象でも起きているのではないかとさえ思う。だがトンプスン自身も、先の見えないまま書いていたのではないか。畳み掛けるような奇妙な展開の数々もアドリブ的で、支離滅裂になりかねないところでいまここで起きているというライブ感が生じている。なかでも町中でのスラップスティックな逃亡場面は見もので、トディが逃げ込んだストリップ劇場の騒ぎや、その後に辿り着く貧民救済所で『あめつちこぞりて』が歌われるなか起きる出来事は、この小説の中でもっとも愉快で好きな場面だ。そこにも現れるドーベルマンのペリートは、全体ではさほど出番が多いわけではないのに、とにかく印象的で忘れがたい。『取るに足りない殺人』の犬になってしまった男の挿話が思い出されるが、なぜ人語を喋るのかについてはなんの説明もない。喋るんだ、くらいでトディが流してしまうのもいい。声真似にすぎないのだろうが、言葉を発することで精霊めいた気配をまとう。ドロレスのオルターエゴでもあるのだろう。

七十年ほど前の作品だが、他の著作と同じように、その時代をあまり意識させられることはない。隔たりのなさと、削ぎ落としたディティール故かもしれない。汽車や馬車の出てくる『ポップ1280』でも時代は特に説明されないが、読みだしてしばらくしてから、汽車にいた男に話しかけるニックの、「ボルシェビキ連中」や「皇帝《ツァー》」といった言葉でさりげなく気づかされる。本作でも、背後の組織の輪郭がわずかに露わになる瞬間は、時代を急遡行するようで、いま読むからこそのスリリングさがある。

物語の最後にはトンプスンらしい終局になだれ込むが、その中で重要な位置を占めるのは、やはりファム・ファタールと呼ばれる存在で、本作ではトディの妻イレインと、謎の女ドロレスにその役割が二分されている。

様々なフィクションの中で、ファム・ファタールは男性を振り回して破滅させるような魔性の存在として描かれてきたが、実際には男性優位社会で主体性を取り戻そうとする女性たちを、そうしたレッテルに閉じ込めてきたのではないか、という見方も増えている。その誹りはファム・ファタールを多く登場させてきたジム・トンプスンも免れないだろうが、どうもそこに収まりきらないものを感じる。というのも『アフター・ダーク』のフェイといい、本作のイレインといい、ファム・ファタール的登場人物の過剰な飲酒癖が、長年アルコール依存症に悩まされてきたジム・トンプスン本人と重なりすぎるからだ。飲酒癖のない女たちも、酒そのものであるかのような悪酔いや離れがたさを招き、暴走や破滅のきっかけとなる。トンプスンは自らの依存症をかけ離れた他者に投影することで、そのどうしようもなさと向き合い、なんとか客観視しようと、救おうと、庇護しようと、あるいはねじ伏せようと葛藤してきたのではないかと思えてならない。本作でも、あんな女となぜ別れないんだとまわりから言われながらも、トディは酒浸りで気分が目まぐるしく変わる妻イレインから離れようとしない。その終局にも拘わらず、ふたりの出逢いは、この小説の中で最も美しい場面として光を失わない。

訳者略歴

森田義信

1959年、福岡県生まれ。上智大学外国語学部卒業。主な訳書はニック・ホーンビィ『ハイ・フィデリティ』『ぼくのプレミア・ライフ』『アバウト・ア・ボーイ』『いい人になる方法』、ロン・マクラーティ『ぼくとペダルと始まりの旅』（『奇跡の自転車』改題）、『ピート・タウンゼント自伝　フー・アイ・アム』、ジーン・シモンズ『才能のあるヤツはなぜ27歳で死んでしまうのか？』など。

ゴールデン・ギズモ

2023年8月31日初版第一刷発行

著者：ジム・トンプスン

訳者：森田義信

発行所：株式会社文遊社

東京都文京区本郷4-9-1-402　〒113-0033

TEL: 03-3815-7740　FAX: 03-3815-8716

郵便振替：00170-6-173020

装幀：黒洲零

印刷・製本：中央精版印刷株式会社

The Golden Gizmo by Jim Thompson

Originally published by Lion Books, 1954

Printed in Japan.　ISBN 978-4-89257-162-6

森のバルコニー

ジュリアン・グラック
中島昭和 訳

ナチス侵攻前、森深い北仏アルデンヌに動員された兵士たちの、研ぎ澄まされた意識が捉えた終極の予兆——「現実への回帰」と見られる傑作長篇小説。

装幀・黒洲零　ISBN 978-4-89257-139-8

ジェイコブの部屋

ヴァージニア・ウルフ
出淵敬子 訳

「わたしが手に入れそこなった何かを彼はもっている——」視線とイメージの断片が織りなす青年ジェイコブの生の時空間。モダニズム文学に歩を進めた長篇重要作。

装幀・黒洲零　ISBN 978-4-89257-137-4

壁の向こうへ続く道

シャーリイ・ジャクスン
渡辺庸子 訳

サンフランシスコ郊外、周囲と隔絶した住宅地は悪意を静かに胚胎する。やがて壁を貫く道が建設されはじめ——。傑作長篇、待望の本邦初訳。

装幀・黒洲零　ISBN 978-4-89257-138-1

ジム・トンプスン　本邦初訳小説

反撥　黒原 敏行 訳

ドアは刑務所《サンドストーン》に通じていた——謎の身元引受人、やがて起こる事件。
仮釈放中の窮地に出口はあるのか。　解説・大場正明

テキサスのふたり　田村 義進 訳

ヒューストンに流れ着いた賭博師《ギャンブラー》。迫りくる破綻、赤毛の娘への愛。
ダイスが転がる永遠の一秒——　解説・三橋曉

漂泊者　土屋 晃 訳

恐慌後のアメリカで、職を転々としながら出会った風変わりな人々、巻き起こる騒動——作家になるまでの日々を描く自伝的小説。　解説・牧眞司

雷鳴に気をつけろ　真崎 義博 訳

ネブラスカの小村の日常に潜む狂気と、南北戦争の記憶——
ノワールの原点となった、波乱に満ちた一族の物語。　解説・諏訪部浩一

バッドボーイ　土屋 晃 訳

豪放な“爺”の人生訓《レッスン》、詐欺師の友人、喧噪のベルボーイ生活——
若き日々を綴った、抱腹絶倒の自伝的小説。　解説・越川芳明

脱落者　田村 義進 訳

テキサスの西、大きな砂地《ビッグ・サンド》の町。原油採掘権をめぐる陰謀と死の連鎖、
未亡人と保安官補のもうひとつの顔。　解説・野崎六助

綿畑の小屋　小林 宏明 訳

罠にはまったのはおれだった——オクラホマの地主と娘、白人貧農の父子、
先住民の儀式、そして殺人……。　解説・福間健二

犯罪者　黒原 敏行 訳

殺人容疑者は十五歳の少年——過熱する報道、刑事、検事、弁護士の駆け引き、
記者たちの暗躍……。ありきたりの日常に潜む狂気。　解説・吉田広明

殺意　田村 義進 訳

悪意渦巻く海辺の町——鄙びたリゾート地、鬱屈する人々の殺意。
各章異なる語り手により構成される鮮烈なノワール。　解説・中条省平

ドクター・マーフィー　高山 真由美 訳

“酒浸り《ウエット》”な患者と危険なナース。マーフィーの治療のゆくえは——
アルコール専門療養所の長い一日を描いた異色長篇。　解説・霜月蒼

天国の南　小林 宏明 訳

’20年代のテキサスの西端は、タフな世界だった——パイプライン工事に
流れ込む放浪者、浮浪者、そして前科者……。　解説・滝本誠